Mulher feita

F ☀ S F ☀ R ☀

MARILENE FELINTO

Mulher feita

e outros contos

7 Hipertexto a lápis
19 Mulher feita
25 Procura-se Michael
33 Segunda classe
40 Formiga moderna
45 Primeira morte
54 Escarlatina
60 Ponto-cruz, ponto-atrás
67 Canja
74 Ao vivo

Hipertexto a lápis

Outro dia, o que interessou a ela foi escrever a lápis, do modo como tudo o que se apaga. Naquele dia, foi escrever sobre dona Carmem, a professora de desenho que ensinara o conceito de beleza à aluna que se achava sobretudo feia.

Ainda hoje, moça crescida, enrubescia ao recordar a professora caminhando por entre as fileiras de carteiras na sala de aula.

— Não existe ninguém feio — dona Carmem professava na "aula de retrato".

Mas naquele outro dia, como a ex-aluna de desenho, moça crescida, se olhara no espelho e se achara bonita — Ai, hoje eu estou mesmo bonita! —, atravessou o túnel do tempo e foi buscar dona Carmem, a professora de desenho daquela agoniada puberdade escolar.

No processo obsoleto de escrever a lápis, quis retratar as aulas de desenho e a própria dona Carmem, a professora que definia e dizia em voz alta, em plena sala de aula, sem dó, o que era beleza. Mas eis que, observando a si mesma diante do papel branco em branco, no caderno de folhas quadriculadas (a ex--aluna gostava de escrever nesse tipo de caderno, de anotar coisas, como quem organiza, em mínimos detalhes, um paradoxal diário de recordações), eis que a caligrafia desobedeceu, extrapolou as linhas e os quadrados, comportando-se mais como desenho do que como discurso, texto, fala — não respeitou espaços, o hipertexto.

No processo obsoleto de escrever a lápis, o grafite — ferramenta antiquada —, o grafite gasto ia exigindo um apontador, um estilete, uma ponta fina que recomeçasse o range-range da escrita ou do desenho sobre o papel, que remarcasse a página, que fincasse a letra a ser apagada caso... caso ela errasse. [O grafite, escrito e apagado à borracha, permitia erros e recomeços sobre a antiquíssima folha de papel — era isso mesmo, porque ela, uma ex-aluna antiga, não queria softwares de digitação, escritas eletrônicas, telas com luz... aplicativos, nada disso... preferia aquele velho processo de escuridão, o mistério da letra manuscrita revelando-se curva a curva da caligrafia, no papel mudo.]

Escrever sobre a professora como quem faz um desenho escolar, no suspense da aula antiquíssima?

Naquela "aula de retrato", dona Carmem, professora toda alinhada, limpa e perfumada, começara a parar de carteira em carteira, mostrando em cada cara de aluna ou aluno os traços de beleza que havia, num ritual que, para a aluna que se achava sobretudo feia, teve um efeito de incômodo suspense, e mesmo de uma pequena tortura.

A aluna não acreditava no que a professora estava dizendo. Aquilo de que não havia ninguém feio soava-lhe como um deboche. Pois se seu próprio pai dizia que ela era feia! Seu pai, sim, que dizia que ela era feia, que tinha cara de fuinha. Era um tanto dentuça, "prógnata", o dentista tinha dito ao pai dela, como quem complementasse sua feiura.

Além disso, não era boa aluna de desenho. Tinha dificuldade. Nunca conseguira aprender a desenhar em perspectiva. "Você acha que cometeu quais erros?" — a professora de desenho indagou certo dia, na "aula de perspectiva".

Ora, superada, hoje, a agonia daquela puberdade, a ex-aluna escrevia a lápis seguindo a trilha, as marcas do passado, os rastros que denunciavam as marcações de seu hipertexto-desenho. Por meio de que arte técnica obter aquela representação de dona Carmem, aquele retrato que, ao fim e ao cabo, seria uma concepção, uma formulação de si mesma? O resultado acabaria em contorno, esboço sem estilo e à mão livre, cheio de erros e sem perspectiva? O projeto, o propósito, se confundia com representar-se, retratar-se a si mesma... sua feiura, sua descoberta da beleza?

Ali na folha quadriculada de um caderno, ela aplicou força extrema ao lápis na página, como fazia quando aluna, e surpreendeu-se com a marca deixada pelo lápis na folha... o manuscrito, o lapiscrito.

Nas aulas de desenho, às vezes fazia isso, aplicava máxima compressão do lápis na folha, para que o papel rasgasse até, com raiva de não conseguir desenhar em perspectiva. Nunca conseguiu desenhar em perspectiva... e, por isso, nunca conseguiria reproduzir (um exemplo) o rosto do garoto da primeira fileira da sala de aula, aquele por quem ela se interessava demais. Não conseguia desenhar em perspectiva e, portanto, não conseguia também ver a si mesma como era ou como seria. Apenas achava-se feia e confusa. Pois era assim que o próprio pai dela afirmava, com todas as letras:

— Vê se penteia esse cabelo! E ajeita essa cara de fuinha!

Ela sabia que fuinha era um bicho considerado feio, embora nunca tivesse visto um. Mas vindo da boca do pai aquela comparação, certamente era horrível. O pai era um homem bruto, que batia pregos de todos os tamanhos, serrava madeira, lixava ferros e manejava martelos, formões, plainas, serras e serrotes na sua bancada de inventor de coisas, no fundo do quintal da casa. Ele tinha ferramentas semelhantes às da aula de desenho, réguas e esquadros, só que as dele eram de aço frio. E tinha também um conjunto de lápis pretos que ele apontava com perfeição invejável, usando uma faca afiada. Eram os lápis mais bem apontados que a filha haveria de ver na vida, além da caligrafia dele, a mais bem-feita, a letra mais bonita de todas as que ela já tinha visto. Mas como a filha não gostava dele, guardava escondida lá no mais profundo de si mesma a admiração por essas duas coisas: o conjunto de lápis pretos apontados perfeitamente e a caligrafia toda legível, elegante e harmônica daquele homem rude.

Pois bem. No quadriculado da página, ia seu hipertexto escapando, abrindo para outras páginas, outros retratos, como este do pai, até voltar para o esboço de dona Carmem. E que a professora saísse delineada em texto ou desenho, tanto fazia — caso a ex-aluna errasse, tudo seria facilmente apagado. A própria madeira do lápis ia sendo carcomida pela letra, pela palavra, pela frase, pelo traço de desenho, pelo hipertexto que se pretendia fala, mas que conduzia a outra coisa, a outra página, numa espécie de memória de decalcomania. O próprio lápis, no decorrer daquele processo, ia deixando de ser, ia perdendo sua existência material de madeira, desapareceria, pois que ia cedendo lugar, grafite, tinta, à escrita-traço na página! O lápis antiquado, o lápis que já era.

— Não existe ninguém feio... — dona Carmem determinava, em plena aula, para escândalo da aluna que achava aquilo uma mentira. "Isso é mentira!", ela tinha mesmo vontade de responder à professora, lembrando-se da palavra estranha que o dentista usara para falar dela: "Prógnata, um tanto dentuça, não é?", o médico tinha dito ao pai.

Escrever-desenhar dona Carmem, descrever, reescrever... refazer. Mas o lápis não passava de um velho que ia diminuindo de tamanho até sumir da face desta terra tão concreta... o lápis ia se gastando, se autodesgastando, se autodestruindo na doação que fazia ao desenho-discurso — o discurso que tentava se enquadrar no quadriculado da página do caderno, mas que extrapolava os limites, não se enquadrava e voltava — o reescrito, o redesenho, o hipertexto.

O lápis imprimia com sua força de grafite marcas, pegadas no papel. Os erros do lápis, do condescendente lápis, corrigiam-se na fricção da borracha branca... Encobriam-se as marcas com mais grafite, calcando a folha, imprimindo novos rastros que conduziam a páginas seguintes.

— Todo mundo tem algum traço bonito no rosto — dona Carmem instituía, naquela "aula de retrato", aproximando-se cada vez mais da carteira da aluna que se considerava uma fuinha. Isso mesmo, uma droga de uma fuinha, ela pensava, a ponto de chorar.

No ranger do lápis sobre a página, a caligrafia-desenho ia inclusive retrocedendo no hipertexto da ex-aluna, no seu lapiscrito, voltando para o que tinha sido antes, indo no rumo de um tempo anterior, de marca de letras apagadas por borracha, rastros de erros e de correções de erros, na tentativa de recompor o que tinha sido, o que já fora escrito — o irrecuperável.

A professora de desenho — de tempos também irrecuperáveis — está fixada na memória da ex-aluna como uma película fina de decalcomania, uma imagem recuperada, transposição de uma figura em papel, por meio de um simples calcar com a mão, para outro papel (a página quadriculada) e outra página, e outra, e outra, até que se compusesse seu retrato.

— Nesta aula de retrato — dona Carmem insistia —, eu quero começar mostrando a vocês o que cada um tem de bonito no rosto. E todo mundo tem uma coisa bonita, uma linha, uma curva, um formato ou cor dos olhos — concluía, em seu trajeto pela sala, mãos cruzadas atrás das costas, portando um pedaço de giz em uma delas.

A então aluna sentiu um frio na barriga ao notar que a professora se aproximava de sua carteira. Era um frio de constrangimento imobilizador, como se um fio cortante tivesse percorrido de cima a baixo sua jovem coluna cervical. Seu medo era que a professora descobrisse, enfim, sem dó, e anunciasse para a classe toda a sua feiura, a sua fuinha, a sua feinha declarada com todas as letras pelo pai:

— Vê se penteia esse cabelo, vê se se ajeita direito, que você vive desgrenhada, feia, nua da cintura para cima, feito maloqueira, suja de terra, de lama... eu não quero filha minha esmolambada aqui... por que não anda ajeitada como sua irmã? Sua cara de fuinha! Bonita aqui é sua irmã, ela sim é bonita... Bonita aqui é só sua irmã!

Diante da página quadriculada de seu caderno-diário de lembranças, com o recurso escolhido (o lápis mesmo, à mão livre), foi riscando geometricamente o rosto da professora — como antigamente, como exatamente tudo era e tinha sido. Foi selecionando os tipos de lápis, pois como se tratava de um retrato (e como queria um desenho-hipertexto artístico, com base apenas em sua memória de decalcomania), escolheu por ordem, conforme dona Carmem tinha ensinado sobre os lápis de desenho, seus usos, intensidades, os tons e a espessura dos grafites. Escolheu nesta ordem: dos lápis mais macios aos de acabamento — o H e o HB para os traços iniciais, o 2B para dar definição, e o 6B para finalizar.

Na aula de "desenho de retrato", a professora, sempre toda alinhada, sempre muito limpa em seu avental branco, sempre toda elegante e muito ereta, seguia percorrendo o entre-as-fileiras de mesas e cadeiras escolares, silenciosamente ocupadas por meninos e meninas que se comportavam, enfim, naquela turma já bastante domada por uma severa dona Carmem, ela que exigia silêncio e comportamento, organização e higiene geral dos materiais, do uniforme.

E, de fato, na véspera da aula de desenho, a aluna preparava cuidadosamente seus materiais, separava as folhas de papéis segundo a professora tinha ensinado, classificava e arrumava na pasta os diversos tipos, por ordem de gramatura ou porosidade — papel vegetal, papel-cartão, papel canção..., que a professora chamava assim, "papel canção" —, apontava os lápis pretos e toda a caixa de 24 lápis de cor, especialmente o de cor bonina, a sua preferida. Acondicionava bem os esquadros, o compasso, a régua e o transferidor. E todo cuidado seria pouco para que as folhas e o caderno de desenho chegassem limpos e sem nenhum vinco à mesa da sala de aula, porque dona Carmem fiscalizava tudo, ressaltando a importância do asseio e da organização para um bom resultado em desenho.

A figura de dona Carmem haveria de se fixar na memória da aluna como decalcomania. Era uma professora cheia de pausas no andar e na fala, pessoa meticulosa. No calor opressor do início da tarde, quando começavam as aulas, a escola sufocava a aluna que não era boa em desenho.

Para alarme da aluna, dona Carmem ia indicando com o dedo, no rosto de cada estudante, mas sem tocá-los, o que ela descrevia como beleza, apontando detalhes:

— Olhem só o formato desse maxilar! — e todos na classe se viravam nas cadeiras para observar o que ela dizia. — Vejam como é um formato quadrado, forte, bonito! — e ela ia desenhando com o dedo, ao longo do maxilar do aluno, um quadrado perfeito.

Muita gente tinha vontade de rir naquela aula de retrato, mas como dona Carmem não permitia risadinhas em nenhuma hipótese, as eventuais risadas eram sufocadas antes de se expressarem.

— Essa covinha no queixo dele, olhem só para esse pequeno detalhe, e vejam a cor dos olhos, esse verde-quase-água — ela prosseguia. — Tudo isso é muito belo! É isso que eu quero que vocês notem, os detalhes, o modo como os traços se completam, se combinam.

Ora, observando a si mesma diante da folha branca em branco, onde deveria surgir um retrato, naquela "aula de retrato", e como quem quisesse se olhar num espelho, a aluna mal acreditava no que estava ouvindo: aquilo de que não existia ninguém feio, e que dona Carmem decretava como lei, aquilo só podia ser mentira. "Mentira sua!", ela responderia à professora, se pudesse, a ponto de cair num choro.

Quando dona Carmem chegou finalmente à carteira da aluna que se achava então feia como diziam dela, a menina corou e sentiu de novo um fio cortante percorrer sua coluna cervical. A professora se colocou bem diante dela, com aquele avental sempre tão branco e impecável, com aquele cabelo acastanhado todo penteado, todo brilhoso de limpeza, e com aquele cheiro dela, que era de um perfume suave, acertado, daqueles perfumes das gentes que sabem se perfumar.

— Basta vocês prestarem atenção nesses lábios dela aqui... tão cheios — a professora observou, contornando com o dedo, a uma distância de poucos centímetros, os lábios da aluna —, esses lábios tão bonitos... — continuava a professora, no seu massacre. — Notem bem a orientação do traço, tão proporcional ao nariz e à linha dos olhos lindos, da cor de jaboticabas brilhantes. É isso o que eu chamo de beleza, essa harmonia! Vejam só.

Mas a aluna não suportou aquilo, aquela sequência de elogios que lhe soavam como mentira, todo aquele conjunto de meninos e meninas irônicos, cruéis, olhando na direção da sua cara descrita em detalhes. Não acreditava no que a professora estava dizendo ao esmiuçar ali em público, sem dó, seu pequeno rosto de fuinha. Seria deboche? Não era seu próprio pai quem recorrentemente alertava para sua feiura?

A aluna alarmada, confusa, constrita, não aguentou — deixou escapar um soluço, como se sua antes ereta coluna tivesse se partido, desabado, as lágrimas pingando na folha do papel canção tão asseado que ela tinha disposto zelosamente sobre a mesa. A aluna chorou como a criança que não era mais, que já não podia ser, ela que precisava muito, naquele inferno de puberdade, aprender a desenhar em perspectiva, a esboçar retratos e, incrível, a escolher um jeito de fazer uma assinatura com seu próprio nome — toda vez que ela tentava, porém, assinando seu primeiro e seu último nome, saía muito parecida com a do pai, a mais perfeita das assinaturas que já tinha visto na vida.

A aluna chorou, cabeça baixa, e viu uma lágrima pingar bem em cima de um corte aberto no dedo do meio da sua mão direita, um talho fino, feito mesmo à faca afiada, num descuido ao imitar o pai apontando os lápis. O corte, molhado do sal da lágrima, ardeu. Mas ela se conformou, observando a ferida aberta e úmida, porque sabia que, por surpreendente que fosse um corte, por mais que abrisse a pele, por mais que sangrasse, fosse profundo ou somente superficial, viraria cicatriz muito em breve. Estava acostumada com cortes, arranhões e raladuras no corpo. Além do mais, vivia cheia de marcas de picadas de insetos (como retratar uma pessoa perfeita?) — era que, de noite, as muriçocas a perseguiam, deixavam calombos por todo o seu corpo; e, de dia, no quintal da casa, os marimbondos esvoaçavam ameaçadores, soltavam seus ferrões nas peles desprotegidas, picavam como pequenas agulhas pontiagudas, dolorosas. Ela era toda marcada, sendo impossível, portanto, numa aula de retrato, sua cara sair como de alguém bonita, perfeita. "Mentirosa!", ela queria exclamar contra aquela professora.

A professora surpreendeu-se com o choro repentino da aluna, aproximou-se, colocando seu braço em volta dos ombros da menina.

— O que foi? Por que você está chorando? — perguntou, toda condoída.

Por entre uma cortina de lágrimas que lhe turvava a visão da classe, a aluna ainda divisou a cara partida dos colegas de classe.

— Eu estou com dor de barriga... — lamentou-se para dona Carmem, inventando a sua mentira.

— Você quer sair? Venha, eu levo você...

A professora saiu, então, levando a aluna pela mão, mas não sem antes advertir:

— Não quero um pio aqui, entenderam? Todo mundo sentado e quieto até eu voltar!

Na sala da diretora, deram-lhe um chá de gosto amargo, mas ela bebeu, sustentando sua mentira. Só pensou no seu material de desenho abandonado sobre a carteira da sala de aula, no papel canção ainda intacto sobre a mesa, onde sobressaía semiaberta a caixa de lápis de cores, uma das coisas que ela achava mais bonita na vida era a paleta de cores de seus 24 lápis coloridos. Havia tempo sua cor preferida era a bonina — treinava inclusive com este lápis de cor a série de assinaturas que ia dispensando, uma atrás da outra, porque resultavam sempre muito parecidas com a perfeita assinatura do pai.

Olhou para o corte no dedo — na verdade era o que doía, mas ela não mostrou para ninguém. Era suportável aquele corte na sua ardência. Insuportável mesmo era não ser boa aluna de desenho, era justamente não conseguir desenhar em perspectiva o rosto do menino interessantíssimo sentado na primeira fileira da sala, cabelo aloirado cortado em franja, meio atrapalhado, desengonçado, tão interessante como só quem sabe e se dá muito bem em desenho e geometria — aquele menino era o primeiro aluno da sala em desenho, das notas mais altas. E justo aquele menino cheirava a borracha que apaga lápis, coisa que atraía a aluna. Aquela química então quase erótica, da consistência e do cheiro do látex da borracha, tinha alguma semelhança com a pele branco-leite do menino.

Naquele outro dia, diante do caderno quadriculado, no qual a ex-aluna escrevera-desenhara dona Carmem a lápis, em demorado processo de contorno e constante retorno, recompusera-se, na verdade, a si mesma, decifrando-se, como numa epigrafia. A figura da professora avolumara-se em sua memória como um hipertexto, que fora então todo lapiscrito, uma homenagem, uma recuperação, transposição em decalcomania. A ex-aluna foi, então, naquele dia de caderno quadriculado, passando de página em página — elas que se abriam para outras e outras tantas páginas relacionadas e correlacionadas —, foi então revendo a série de esboços de retratos de dona Carmem que ela mesma traçara, agora com assinatura própria. Pensou por um momento em apagar todos, mas reconsiderou: poderia ainda retirar o excesso de grafite no papel, suavizar certos traços, tornar mais uniforme aquela recomposição obtida com muita técnica e sem erros (porque não havia erro, porque não havia feiura nenhuma).

Resistiu e não apagou. Naquele seu paradoxal diário de lembranças, ela então dona de si, ex-aluna crescida em moça, ela deixou inclusive todas as marcas calcadas no papel, como se fossem as marcações de seu antigo corpo de aluna, cheio de cortes, arranhões e calombos — ela tinha justamente, naquele outro dia, se olhado ao espelho logo cedo e se achado mesmo bonita ["hoje estou bonita, nossa!"]. E tinha justamente, então, procedido àquela sondagem que resultara em marcações sublinhadas a grafite intenso e que tinha sido o registro em hipertexto daquela professora de desenho, daquela aula de retrato, daquela decretação da beleza como regra, como verdade tão insuportável que soara como mentira.

Resistiu. Não apagou. Afinal, era homenagem sua à professora que tinha justamente feito aquela ex-aluna entrar forçosamente em contato com aquele insuportável, que nem era dor de barriga nem ardência de corte — era pior, era a perspectiva mesma de sua própria beleza.

Mulher feita

Às vezes esquecia-se de que mulher tem peito — via-se ao espelho por acaso e, também por acaso, lembrava-se, olhava-se, observava-se parada e: Nossa! Mulher tem peito!

Diante do espelho casual, estranhava repentinamente o fato de mulher ter peito: as duas coisas, os dois cocos, as duas cuias, os dois calombos. Tinha esquecido daquela fachada com peitos. Ter peitos era quase extraordinário. Era como se, na maior parte de sua existência, e já mulher feita, eles passassem despercebidos: como se ela estivesse andando nua da cintura para cima, sem vestido, sem blusa, sem camisa no calor dos dias, com o mesmo tórax achatado dos machos!

Socorro! Mulher tinha mesmo peito. Que coisa. Ter peito era como estar para fora ou para além de si mesma.

— Não sei como alguém pode gostar de mim assim, eu que tenho peitos! — dizia-se, pensativa. Às vezes, como ali, achava-se feia.

Os peitos inanimados, insípidos e inodoros olhavam para ela como se nunca tivessem existido de fato, como uma natureza morta e, somente ali, naquela miragem súbita ao espelho, manifestada.

Ter peitos, mamas no tórax, se não era um defeito (socorro!), era no mínimo uma estranheza, uma surpresa. Era como se — de tanto esquecimento de sua própria condição —, estivesse percebendo pela primeira vez aquele algo tão explícito a diferenciá-la de um macho. E naquele súbito momento ao espelho! Peitos eram para fêmeas. Socorro! Teve vontade de gritar, como quem descobre uma assombração. É que ela estava parada diante do espelho, imóvel como seus peitos mudos. Se estivesse correndo, aí sim, os peitos balançavam e ela então notava, mas prosseguia.

Sua imagem demorava-se ao espelho: "Como é que alguém pode gostar de mim?". A pergunta ampliava-se, dos peitos para mais, para ela mesma, para tudo aquilo que considerava que havia de feio e esquisito no corpo, na alma — a imagem deformava-se no espelho, virava um tanto quanto monstruosa mulher!

Um dos piores momentos de sua vida, relembrava: "Foi quando me começaram a surgir peitos, nos meus doze ou treze anos de idade...". E dizia "me começaram" porque era assim mesmo que tinha sido, que tinham feito com ela, que não fora ela que fizera aquilo: "Me começaram a surgir peitos!". E como esconder aquela protuberância enxerida, ela ainda menina que brincava? Coisa embaraçosa, que os meninos olhavam: "Pois eu vou esfregar meu peito na sua cara, seu besta!" — ela ameaçava, respondendo aos meninos que olhavam. Mas aquela remota possibilidade, aquela cena nua, aqueles mamilos atrevidos, aqueles peitilhos sendo esfregados na cara do menino... tudo aquilo lhe produzia um intenso calor corpo acima e corpo abaixo. O que era?

— Você já precisa usar um sutiã para ir pra escola. — A mãe recomendava.

— Não vou usar não. Me aperta! É horrível.

— Pois então vai de combinação por baixo da blusa! Escolha. Você anda muito desobediente.

Peito, espartilho, espartano, aperto no seu corpete de menina: escolher entre esconder ou esfregar na cara.

Peitos foram seu primeiro impedimento. Desde a constrangedora puberdade sentira-se afrontada pelo tórax achatado dos meninos, aquele escudo em que a bola de futebol batia, quicava, aquele peito que eles estufavam sem dor para receber o toque da bola!

— Tira essas tuas tetas da minha frente! — Um menino irrompeu, esbarrando nela um dia, no jogo de futebol, como se ela estivesse atrapalhando em campo.

— Teta só se for a da tua mãe! — Ela reagiu de imediato. Que não era vaca, ora bolas, ora pinoia!

E se atirou na frente do menino, interpondo-se à bola, ao drible, ao chute:

— E olha que eu esfrego meus peitos na tua cara, e você vai ver só o que é gosto de leite de peito na tua boca!

Peitos foram seu primeiro impedimento, mas também sua primeira resistência.

O menino esquivou-se, fazendo cara de nojo. E ela ficou ali gargalhando — sabia que leite de peito de mulher repugnava meninos e meninas de sua idade, eles que observavam de soslaio, às risadinhas, as mulheres da família ou da vizinhança que amamentavam seus filhotes pequenos ou recém-nascidos. Com ela mesma tinha acontecido isso. Quando era ainda mais menina, teve uma doença nos olhos — "doença de vista", diziam —, para a qual receitaram uma simpatia: lavar todos os dias os olhos com leite do peito de mulher parida.

— Eca! Não quero isso! — Ela protestava inutilmente enquanto a mãe derramava o líquido ainda morno e viscoso em seus olhos.

— Tem que ser. Você está com doença de vista. Ou quer ficar cega? — A mãe agourava.

O leite humano, leite de mamífera, escorria-lhe branco pela cara abaixo e ela sentia asco.

— Tem que ser. Essa doença é contagiosa. — A mãe insistia.

Era ainda mais menina, acometida pela doença de olhos que a deixava apenas entrever o mundo embaciado: por uma fresta entre as pálpebras e os cílios, os olhos inchados, avermelhados e cerrados no grude, na secreção.

E ela lacrimejava (ou chorava?) ao toque quente na pele, ao banho de leite de peito.

— Não quero leite de peito de mulher na minha cara! — protestava, desobediente. — E de quem é esse leite? De qual mulher?!

Era de uma vizinha de dez casas adiante... a da casa verde, a de muitos filhos...

— Mas aquela mulher? Eu não gosto dela! — E lacrimejava, lacrimejava... (Ou era choro?)

Com o passar dos dias, a lavagem foi fazendo efeito, descolando aos poucos a remela amarela. Os olhos abriram-se por inteiro, o mundo ressurgiu limpo e desanuviado. Mas levaria semanas ou meses até que, ainda com nojo, tivesse coragem de olhar para as mamas da mulher do leite, a mulher grande, cheia de filhos que mamavam nela.

Mexeu-se diante do espelho... fez que ia pegar o sutiã para vestir. Interrompeu-se, aproximando-se mais do espelho para enxergar melhor os mamilos.

Tinha um estoque de lembranças de infância, mas justamente aquela não tinha — aquela de ter mamado, sugado o peito de sua própria mãe. Por que ninguém tinha? De certo ficava guardada em algum canto da memória do prazer de viver e de sobreviver, de saciar-se, de não morrer.

A imagem ao espelho ia aos poucos voltando ao normal: peitos. Socorro! Eles eram, afinal, órgãos mais visíveis, mais notáveis do que a trouxa que os homens carregavam entre as pernas, a trolha de que muitas vezes ela teve vontade de rir, vida afora, no calor dos dias. Do sexo dos machos ela achava graça, murchos, eretos, balançando daqui pra lá, de lá pra cá.

— Por acaso é difícil de carregar isso, assim, entre as pernas? — Ela perguntou ao seu primeiro homem. — Não fica roçando nas tuas coxas? — E ela riu sem pudor. — Quer dizer, o saco, as bolas, não roçam?

Aquilo sim parecia incômodo exacerbado, excesso, exagero, quase uma exibição: aquele amontoado que extrapolava e saía do corpo e se pronunciava para fora como uma fala, um berro, uma estridência exigente. Aquilo sim!

Ora, mas era igualmente uma coisa para além do homem, para fora dele. Ora, mas não era feita também do mesmo tecido, da mesma intumescência dos peitos duro-moles que ela carregava à frente de seu corpo e de si mesma? Não eram iguais?

E por que se dizia que homens não tinham peito, então? Por quê? Dizia-se que homens tinham tronco, tórax, peitoral, mas eles tinham era peito também, só que murchos, encolhidos no atrofiamento.

Redescobrir-se com peitos no corpo foi um momento de curto horror — durou alguns poucos minutos a percepção que teve de si mesma diante do espelho. Estava ali parada, sem ação, sem nem ao menos saber por que tinha chegado até ali: ia talvez pentear o cabelo, para depois vestir-se, ou escovar os dentes para depois... Vestiu finalmente o sutiã.

Ao espelho, pensativa, não lhe parecia comum ser gente — mulher, homem, qualquer tipo —, seres estranhos, eles e suas protuberâncias, e suas saliências extraterrenas.

Olhando-se naquele espelho, comentava de si para si:

— Quem me fez desse jeito? — E ergueu os dois peitos com as mãos, experimentando os seios dentro do porta-seios, o bojo sustentando as mamas.

— Sou a própria projeção de mim mesma!

Mas é verdade que ela se empenhava tanto na corrida da vida que ignorava sua condição — ia com o corpo todo à batalha necessária, peituda e petulante, mulher feita e refeita para enfrentar o que viesse em dribles, em chutes.

Afastou-se afinal daquele reflexo de si mesma, sentindo-se quase animalesca mamífera, sentindo-se inusitada, sentindo-se extravagante, sentindo-se ultramundana, extraterrestre: saiu e foi ser, nova e cotidianamente, o que sabia sobre ser gente, mulher feita, peito aberto, desobediente. Foi meter as caras, enfrentar o calor dos dias, mesmo com muito medo da monstruosidade humana.

Procura-se Michael

Michael é a ID do elemento, identificação perdida, soldado desaparecido — dos homens que tinham passado por sua vida, ele tinha sido a melhor de suas transas, a sua primeira indecência, a mais efetiva lembrança de um orgasmo alucinante com um homem. Mas embora Michael fosse de verdade (um americano que tinha combatido na Guerra do Vietnã), a memória que ela carregava dele circunscrevia-se numa névoa, numa cortina de fumaça de maconha. Assim ela relembrava do homem, deitada na cama, como a adolescente que tinha sido.

Com Michael, ela teve vergonha de gozar tanto e seguidamente, pela primeira vez: ele tinha ensinado a ela como fumar maconha e fazer sexo sob o efeito da erva, coisa que ele chamava de "alucinógena", que excitava os sentidos. Com Michael, ela teve de fato outra percepção no ato do sexo: uma espécie de desvario, de desatino sem controle. E nunca, nunca mais em sua vida futura ela sentiria isso, com nenhum outro sexo, com nenhum outro homem ou mulher com quem ela viesse a estar um dia — nenhum, nenhuma imprimiria na memória de sua pele a presença etérea, efêmera, mas a mais penetrante e profunda sensação de puro gozo. Nunca haveria de se ver novamente naquela montanha que ela tinha escalado como quem, suavemente, cavalga e, de lá de cima, tivesse desabado como se voasse. Nunca.

Como ela tinha dezenove anos e Michael, mais de trinta, ele parecia uma miragem, um personagem daqueles filmes de guerra a que ela, por coincidência, gostava de assistir, para ver em que ponto, ou em que momento, se dá que um ser humano mate o outro. E Michael era um homem extraordinariamente bonito.

Passado muito tempo — e perdido o contato com ele —, pensou em pregar num cartaz a cara de galã de cinema americano que era a dele: "PROCURA-SE: Michael é a ID do elemento, soldado desaparecido". Queria reencontrar Michael somente para unir elos, ligar duas ou três pontas de sua vida, dois ou três momentos: Michael, John Boy, Tim, homens que subitamente desapareceram de sua vida como uma brisa boa e passageira.

Como, naquela época, ela era muito jovem e sem experiência, Michael foi uma espécie de tutor, inclusive da língua estrangeira dele, que ela já falava: nessa língua ele contava coisas da guerra, ele explicou a ela o que era Victor-Charles, um código para identificação do que chamavam de "o inimigo", os seres que Michael teria que matar.

— Mas você matou gente? — ela perguntava, ingênua, e ele não respondia.

Ela sempre pensava em procurar por Michael — busca um tanto quanto sem sentido, como se fosse ainda efeito de uma substância —, que agora já se confundia (na memória psicodélica que ela guardava daquele homem) com John Boy Walton, personagem escritor de um seriado de TV por quem ela se apaixonou perdidamente na adolescência e com quem se casaria, tivesse sido ele um homem real.

Acontecia que Michael (aquele soldado americano arrependido) confundia-se também, já num terceiro momento, com

Tim, outro homem estrangeiro lindo que ela conhecera em país estranho. Mas Tim era real, e ela sabia em que praia ele vivia. E, sim, também tinha acontecido de perder o contato com Tim, havia tempos, desde que ele decidira servir como médico voluntário na invasão do Iraque.

Procurava por Michael, portanto, na tentativa de compreender, de restabelecer esses elos perdidos de sua vida, quase ilusórios.

— Você foi para a guerra porque quis? — perguntou a Michael um dia.

— Não! Fui convocado! — ele respondeu, quase indignado.

Ele não se indignava com nada. Era contido, como se carregasse uma raiva muda, uma decepção que não se exprimia em língua nenhuma.

— Por que você veio morar aqui?

— Porque eu precisava sair daquele meu país. Eu tenho muita revolta pelo que fizeram comigo. Sou surdo do ouvido esquerdo, fui atingido em combate e nunca fui indenizado como deveria. Precisei sair. Eu odeio aquele meu país.

Embora Michael tenha sido de verdade — sua fala, sua cara bonita —, às vezes a memória que ela trazia dele parecia apenas vaga lembrança de um poema lido num livro, de uma canção ouvida ao acaso, uma brisa passageira. "Para onde foram todos os soldados, depois de tanto tempo?", ele cantarolava na língua dele, preparando um cigarro de maconha.

— "Para onde foram todas as flores, passado tanto tempo?"... — ele cantarolava, acompanhando no disco a voz de cristal de Joan Baez.

"Para onde foram todos os discos, Michael?", ela pensou, rolando na cama como a adolescente que já tinha sido.

Em um primeiro momento daquela busca por Michael, ele se confundia com aquele John Boy escritor, que anotava em cadernos, em diários, suas impressões de vida, os pequenos acontecimentos de uma família que se parecia, em alguma medida, com a dela: a grande depressão, o esforço para viver decentemente na fome, na crise.

"Para onde foram os cadernos de diário? Para onde foram as canetas, John Boy?", perguntava-se, ela que tinha pretendido, naquela ilusória juventude, ser uma escritora também.

Embora Michael tivesse sido de verdade, história real, talvez não tivesse passado de um "Victor-Charlie", o código fonético de guerra, um VC com que identificavam o "inimigo" vietcongue, conforme ele explicara a ela um dia. Afinal, Michael era um fugitivo, quase um desertor.

— Mas você matou gente?... — ela perguntou a ele, assim, de cara.

Só que ele nunca respondeu a essa pergunta. E depois, passado tanto tempo, ela buscou em anotações de cadernos e agendas antigas alguma pista, alguma perdida direção que fosse dar em Michael: ela não se lembrava do sobrenome dele; e ele não constava de nenhuma rede, de nenhum ambiente virtual. Ele seria real?

No cartaz, no anúncio, na divulgação que procurasse por ele, a ID do indivíduo: "PROCURA-SE: Michael é a ID do elemento, soldado desaparecido, vulgo Victor-Charlie, combatente arrependido".

Passado tanto tempo, ela ainda queria saber se ele tinha matado alguém, em que circunstância, em que limite do humano. Michael era uma espécie de decepcionado, guardava calado uma culpa pesada, uma revolta, uma ira muda: surdo de um dos ouvidos, resultado da explosão de uma bomba ou granada (ela não se lembrava exatamente, como não se lembrava do sobrenome dele) perto dele na maldita guerra, falava pouco, falava baixo, como se não quisesse nunca mais incomodar ninguém, como se não quisesse nunca mais perturbar a vida das gentes (especialmente não dos camponeses plantadores e coletores de arroz, dos habitantes remotos das selvas do Oriente).

Uma vez Michael chorou fazendo sexo, inebriado da delicadeza da erva, ouvindo tocar no disco uma canção francesa que ele adorava, e sussurrando ao ouvido dela palavras daquela música que a cantora também sussurrava com voz de veludo: Françoise Hardy, "La Question":

Je ne sais pas qui tu peux être
Je ne sais pas qui tu espères
Je cherche toujours à te connaître
Et ton silence trouble mon silence [...]
De ta distance à la mienne
On se perd bien trop solvente [...]
Tu es ma question sans réponse
Mon cri muet et mon silence.

Naquele dia, naquele momento, Michael chorou no estranho orgasmo de um homem contido. Ele gritou seu soluço de guerra, rompendo seu silêncio, sua dor de morte, sua culpa sufocada em fumaça. Michael foi o primeiro escândalo dela, seu primeiro gozo ininterrupto, sua primeira montanha, sua primeira extravagância, sua profusão psicodélica de cores e sensações.

Michael foi uma pergunta, sua primeira à primeira vista, sua primeira percepção alterada.

"Onde você está, Michael? Para onde você foi?" — ela se perguntou, afundando a cara no colchão da cama, feito adolescente desiludida.

"PROCURA-SE: Michael é a ID do elemento, soldado desaparecido, vulgo John Boy". Quem sabe se ela afixasse cartazes nos arredores de Saigon ou de Hanói, ao longo do rio Minh ou na aldeia de My Lai (lugar de massacre de inocentes) — para onde, quem sabe, ele tivesse voltado para expiar a culpa de suas sequelas de guerra... Quem sabe?

— Mas você matou gente? Você matou? — ela perguntou, e ele nunca respondeu.

Com que fuzis M14 ou M16 — as armas que ele chamava de "fuzis de assalto" — ele teria matado gente nas úmidas selvas do Vietnã?

Como podia um ser humano matar o outro? — John Boy provavelmente se perguntava e anotava em seu caderno de questões, à caneta, naquele cenário rural da Grande Depressão, da luta pela sobrevivência. Na adolescência, ela sonhava com John Boy, e teria casado com ele.

Num terceiro momento, Michael teria sido Tim, outro estrangeiro que ela conheceu já adulta, por quem se apaixonou já mulher feita, com quem fizera um pacto, por sugestão dele, de se reencontrarem na velhice, sentados e abraçados na areia de uma praia qualquer, em algum lugar do mundo.

"PROCURA-SE: Michael é a ID do elemento, soldado desaparecido, orientador pedagógico, anti-herói, vulgo Tim."

— Não sei quem você é, Tim. Não sei mais... — disse a ele, mulher adulta. E completou que teria se casado com Tim, não fosse ele ter escolhido ir para uma guerra sem nexo, cumprir ordens de matar ou morrer (ainda que, médico, achasse que podia salvar vidas). Havia muito tempo tinham se perdido um do outro, e ficado a promessa do encontro na velhice, na beira de uma praia.

Num terceiro momento, Michael se confundia com Tim — só que Michael era que tinha batido continência, um arrependido por ter cumprido ordens de morte: esquerda, Michael, volver! direita, Michael, volver! sentido, Michael!

"PROCURA-SE: Michael é a ID do indivíduo, soldado arrependido, vulgo Victor-Charlie, John Boy, Tim" — ela pensava, os três homens envoltos no nevoeiro de sua lembrança real e irreal.

Embora Michael tivesse sido de verdade (foi?), ele continuava, na memória dela, efeito de uma substância, um mar que afoga. Quando ela contava às amigas sobre a passagem de Michael por sua vida, era num tom de exclamação! — lutou no Vietnã! extraordinariamente bonito! orientador pedagógico! fumador de maconha! sua primeira extravagância! sua primeira indecência! a primeira montanha que ela escalou! seu primeiro grito de escândalo de tanto gozo que ela sentira vergonha pela primeira vez! Afinal, que pessoa daquelas mulheres amigas imaginava que faria sexo um dia com um ex-soldado da Guerra do Vietnã que, além do mais, além de tudo, revoltara-se com aquela guerra, rebelara-se contra seu próprio país e imigrara, caíra fora? Que mulher imaginava um dia fazer sexo com um homem daqueles, soldado desaparecido de filme americano?

Michael era o protagonista de sua narrativa, seu primeiro flashback em que se confundiam a ficção e a realidade, em que às vezes se uniam três elos, três pontas, três passagens de sua vida: da série que desaparecera da TV, levando para sempre John Boy Walton, ao concreto Tim, que ela sabia em que praia então vivia, depois de ter sido médico de guerra.

Havia tempos procurava por Michael — ele tinha sido seu primeiro episódio real de homem em filme de guerra. Das duas dúzias de encontros que tivera com Michael — todos com sexo e por sexo —, sobravam-lhe a memória psicodélica e a falta de sobrenome.

Não se lembrava do sobrenome estrangeiro de Michael — vasculhara cadernos antigos, agendas de telefones e não encontrara nunca mais, nada das direções dele. Perdido na névoa de sua memória sexual, o sobrenome tinha sido arrastado na pequena avalancha de seus poderosos orgasmos de juventude. Michael!

Embora Michael tenha sido real, poderia simplesmente não passar também de um poema de Ogden Nash, que ele gostava de recitar; ou de uma canção de Jim Croce, mensagem de um tempo guardado numa garrafa. Mas ele, que não passara de uma efêmera eventualidade na vida dela, já não era nem mesmo uma virtualidade em rede.

"PROCURA-SE: Michael, anti-herói, contracultura, antiguerra, veterano clandestino, sem sobrenome", ela anunciaria talvez no delta do Mekong, no golfo de Tonkin, onde, ele tinha contado a ela, em flashback — à la John Boy Walton —, onde ele tinha executado, com seu batalhão de fuzileiros, a operação "procurar e destruir" (o inimigo).

Havia tempos ela procurava por Michael, numa grande ofensiva de busca, cercando sua própria memória, criando estratégias e táticas de lembranças, vasculhando agendas, cadernos velhos, armando flashbacks em que se unissem realidade e ficção. Havia tempos procurava Michael, mas remetia-se a Tim, à praia onde ele hoje vivia, à promessa de reencontro numa velhice, quem sabe.

Havia tempos procurava por Michael, mas o silêncio que envolvia o nome daquele antigo soldado era perturbador: tendo ela envelhecido, tendo as guerras acabado, era tudo túmulo para o soldado desconhecido. "Para onde foram todas as flores, passado tanto tempo?" Para os túmulos?

"PROCURA-SE: Michael é a ID do elemento, soldado desaparecido, moral caída, antipátria, fugidio, homem do mundo." Procura-se Michael.

Segunda classe

O vagão deslizava, o trem parecia escorregar pelo trilho, embora estrondasse pesadamente, como todo trem, ainda que supermoderno, supersônico, ultrarrápido.

O trem corria de Berlim para Munique, naquela terra estrangeira.

Como a mulher, passageira à minha frente, era branca e loira, tinha a mesma cor da clara e da gema, a mesma cara do ovo cozido que havia sem constrangimento tirado da saçola e que comia, então, com a mão, como se o ovo fosse uma fruta, em pleno vagão.

A mulher era daquelas estrangeiras, mas não era bonita — tinha cara de melancolia e era pobre, o que se via pelo casacão surrado que vestia, pelo ovo que trazia como lanche para a viagem de mais de oito horas.

O trem escorregava seu peso de ferro sobre os trilhos, urrando seu próprio zumbido tecnológico de alta velocidade: zum--zum-zum-zum-zum-zum..., enquanto a paisagem se deformava lá fora, passava pela janela do trem na mesma fugacidade cortante, de raio, de som.

A mulher, comendo o ovo cozido às mordidas, com a mão mesmo, como se fosse uma fruta, me dava certo nojo. É que, do ovo, sempre preferi a clara: a gema lembra, ainda hoje, as gemadas obrigatórias que nos faziam engolir na infância: misturavam as gemas com o leite, batiam no liquidificador, metiam depois um tanto do chocolate em pó que suavizasse o gosto do ovo e batiam novamente. O sabor da gema, porém, continuava pronunciado, o gosto de vômito, o que me provocava engulhos.

O ovo cozido misturava-se ao branco-e-amarelo da pele e do cabelo daquela mulher passageira. Sentada diante dela, eu tentava desviar o olhar da cena que me lembrou imediatamente também, para além do nojo de ovo, o sabor repugnante dos fortificantes que nos enfiavam goela abaixo: a colher cheia do líquido nauseante do óleo de fígado de bacalhau, a Emulsão Scott, a embalagem já em si aterradora, com aquela imagem de um homem carregando nas costas um bacalhau inteiro.

O nojo de ovo misturava-se também à lembrança dos purgantes, dos laxantes que também éramos obrigados a tomar para que provocassem diarreias abundantes, para que eliminássemos as lombrigas e, assim, estivéssemos limpos, desinfetados no interior de nossos intestinos de mamíferos. Coisa horrível — metiam-nos o purgante e depois nos botavam debaixo do chuveiro frio, num banho desconfortável, de manhã bem cedo. Coisa sem lógica, ritual de purificação, de passagem de vermes para um estado higienizado, asséptico, que acontecia todo ano naquela infância cheia de terra e lama, de poças d'água, tapurus, oxiúros, giárdias e amebas.

Naquele vagão de segunda classe, que corria de Berlim para Munique, a mulher passageira não imaginava que eu pensava tudo isso olhando com certo nojo para ela. Até que, lá do fundo daquela língua estrangeira, ela me perguntou se eu queria um ovo. Entendi que era isso, porque reconheci a palavra "Ei", ovo, que não era o "egg" (ovo) de outra língua mais conhecida, que eu entendia, mas era ovo também, sim, "Ei".

— Ein Ei?

Chocada com a pergunta surpreendente, respondi por impulso:

— Nein. (Que era "não", que era "no", que era "non"... as negativas, as recusas, em várias línguas, todas parecidas, todas fáceis de, quase que mecanicamente, adivinhar, pronunciar, dizer: Nein, não, não e não.)

— Ein Ei?

— Nein! (Tive a impressão de que o meu "não" saiu tão de imediato, resposta instintiva ao choque da surpresa, tão determinado a negar, negar e negar que teria soado como uma exclamação de horror?). Nein!

Nos segundos seguintes, notei que não tinha nem agradecido. Corrigi, corando: não, obrigada.

— *Nein, danke.* (Não, obrigada. Não, obrigada! Não, não e não.)

A mulher passageira, de olhos azuis, esboçou um sorriso, em resposta ao esboço de sorriso que eu talvez tivesse dado. E ela tinha dentes também amarelados.

Mas eis que, então, para confirmar meu asco, para reforçar aquela minha náusea, ela pegou mais um ovo cozido na sacola, juntando a ele, já disposto num guardanapo de papel, três batatas grandes também cozidas. A mulher era uma comedora de batatas. A mulher parecia uma comedora de batatas daquele quadro em que Van Gogh tinha pintado trabalhadores camponeses sentados a uma mesa, casacões surrados, chapéus surrados, comendo de um único prato, com as mãos, batatas cozidas, na escuridão de uma choupana velha, iluminada apenas por um candeeiro, num tempo de pobreza, num século que já se acabara.

Comedora de batatas. A mulher tinha dentes amarelados como a gema do ovo... ou não, não... um pouco mais claros, do tom da batata cozida. Tentei desviar meu olhar daquela cena de pobreza — só que, com a paisagem passando tão ligeira pela janela do trem expresso supersônico, hiperveloz, mal pude fixar o olhar em outra coisa. Estava cheia de lembranças da minha própria pobreza: da pobreza do meu pai e da minha mãe, dos casebres, dos mocambos onde eles tinham nascido. Meu pai não tinha dentes; e minha mãe, que padeceu de uma doença de olhos na infância, era cega de um olho.

Dos comedores de batatas, meu pai seria o pior, ele que tinha nascido nas brenhas, no ano já morto de 1932, ele que perdeu cedo todos os dentes, carcomidos pelas cáries, arrancados a alicate bruto, sem anestesia. Meu pai tinha olhos escuros e usava dentes postiços, dentadura. Minha mãe, por sua vez...

— Eine Kartoffel? — a mulher passageira perguntou de súbito, estendendo o guardanapo com batatas e ovo em minha direção.

Comedora de batatas. Que língua a mulher passageira imaginava que eu compreendia? Em geral, estrangeiros não falam com desconhecidos — ou só falavam quando eram pobres? De que pobreza aquela mulher reconhecia que eu vinha? De que casebre? De que mocambo?

"Kartoffel" só podia ser "batata", estava evidente no gesto dela. Estava evidente que a comedora de batatas queria conversar comigo! Mas eu respondi que não, obrigada... Eu não queria. Mas por que eu não queria? Por que a mulher era pobre? Por que eu tinha nojo de gema de ovo? Por que a mulher me remetia na alta velocidade do trem supersônico à pobreza passada da minha própria mãe?

— *Nein, danke.*

— Não, não, não...

Minha mãe, que também nascera nos confins de um sertão qualquer, nos perdidos de 1935, tinha tido tracoma na infância e, sozinha e malcuidada num mocambo daquele fim do mundo, ficara cega de um dos olhos. Era um tempo de pobreza, em outro século que também já se acabara. Era tanta miséria violenta que meu pai desdenhava daquele destino da própria mulher melancólica, a quem ele escolhera para se casar: "Olho de boto!", o pai soltava, xingando a mãe nas brigas, nas discussões da mixaria de vida que eles levavam. "Olho de boto"! [É que o olho cego dela era sem vida, um olho parado, fundo, morto.] Era tanta perversidade... que ele chamava a mãe também de buzuntão e marmota, termos estranhos, desconhecidos como o boto que eu nunca tinha visto, como se meu pai falasse uma língua estrangeira.

Por mais que eu desviasse o olhar para a paisagem na janela, só via a passageira-ovo na minha frente, a passageira-gema, a passageira amarela-e-branca. Depois que ela tentou tão gentilmente falar comigo, passei o resto da viagem engasgada com a vontade de responder a ela (na mesma gentileza). Mas eu não falava aquela língua.

— Eu não falo a sua língua. Infelizmente. (Queria ter dito a ela.)

— Você fala a minha? (Queria ter perguntado, coisa absurda, porque tinha certeza de que ela não falava língua nenhuma além da dela, além de "Ei" e "Kartoffel".)

Comedora de batatas. A única língua universal que ela falava era aquela das segundas classes, dos vagões que transportavam os surrados, os mais pobres, os secundários, os medianos, os desclassificados, os desqualificados, os sem-dente, os caolhos como meu pai e minha mãe.

Mas, afinal, não! Não, não e não à segunda classe: porque eu tenho dentes e não sou cega! Porque eu falo outras línguas, enfim. Porque, afinal, meu pai, logo que melhorou de vida, passou a comprar toalhas do mais puro algodão egípcio! Meu pai, afinal, embora tivesse ossos postiços na boca, a chapa, a dentadura, embora fosse um homem de estatura mediana, passou a comprar toalhas tamanho gigante, do mais puro algodão. Era um homem baixo, exatamente porque, na pobreza, não tinha se alimentado como devido, com o suficiente para crescer à altura dos que comeram bem, dos primeira classe, dos considerados, dos classificados. Meu pai, logo que pôde, deu-se ao respeito.

Mesmo velho e sabendo que ia em breve morrer, ele providenciava toalhas novas com frequência, logo que as antigas começavam a perder o feltro e não secar mais como ele queria: ele gostava de toalhas gigantes porque abraçavam o corpo todo da pessoa, agasalhavam, aconchegavam sua existência baixa em outro lugar que não o mundo de pobretona solidão em que vivera por tanto tempo.

Afinal, não à segunda classe, porque meu pai, logo que melhorou de vida, passou a comprar trancelins e relógios de ouro. Deu--se ao respeito. Nos tempos do meu pai era elegante usar relógio (de ouro, no mínimo de prata) e trancelim também de ouro, com pingente de pedra (preciosa). Nos tempos mortos do meu pai, no fim do mundo, arrancavam-se dentes podres da boca.

Mas eu, que nasci tantos e tantos anos depois, eu tenho meus próprios dentes (eu sempre soube o que é morder), muito embora os sisos tenham sido extraídos cedo da minha boca... ela que sangrou, como se chorasse pelos molares perdidos, as crateras dos molares cheias de sangue...

Resisti à fisgada dos dentes do juízo nascendo, rasgando a gengiva... suportei a dor... e, mais tarde, já adulta, mandei arrancar todos, pela raiz, um por um, que incomodavam. E só.

Então eu, não (não, não e não...). Tenho dentes próprios: brancos e caninos. Desde cedo aprendi a morder a própria vida. Como coisas duras, que não são nem gema de ovo nem batata. Não sou postiça. Sou transparente como minhas retinas, que enxergam bem.

FIM: Levantei-me logo do vagão, ponto final da viagem, para sair rapidamente daquele lugar de segunda classe. Mas errei o cumprimento de despedida. É que, como tinha me levantado estabanadamente, e como só conhecia poucas palavras naquela língua estrangeira, disse um absurdo qualquer, como que mecanicamente, uma palavra que ressoava sempre na minha cabeça, porque eu gostava do som dela, e era muito comum ouvi-la na fala dos estrangeiros daquele lugar.

— Genau — eu disse, olhando para a mulher. Mas "genau" significava "exatamente"! E eu ficava muito tempo com aquela palavra na cabeça: genau. Gostava da pronúncia: [gə'nau] ou GUENAU...

Percebi o erro de imediato. Corrigi, corando:

— Tchau... tschüs! [Dizia-se "tschüs" naquela língua.]

— Tschüs... — falei. E desembarquei.

A mulher, não sei se sorriu. Permaneceu sentada ainda. Tinha cara de melancolia e não era bonita. Estávamos sós: ela, sozinha; eu, também. Para onde ela ia, não se sabia. Ela estava só. Eu estava só — nós, mulheres de segunda classe.

Formiga moderna

Sentadas insuspeitadamente à mesa do café da manhã, foi quando a jovem de poucos anos perguntou à senhora:

— Tu come tanajura?

A senhora, quase surpresa com a pergunta em sotaque e conteúdo antigo, que vinha dos confins de seus tempos e da terra onde nascera, respondeu, com um quase sorriso:

— Adoro... Quer dizer, adorava. Mas é que aqui não tem.

— Tem não, né?

— Não.

Um meio silêncio de identificação, de cumplicidade conterrânea, natural de... (do estado e da cidade onde tinham nascido: a senhora, antigamente; a moça, havia pouco tempo e que vivia lá desde sempre).

— Vocês ainda pegam na rua, as tanajuras? — a senhora perguntou, já trazendo à memória a cena viva de quando, menina, saía às ruas de terra do bairro, com familiares e vizinhos, à cata de tanajuras.

— Na cidade, não pega não — a jovem respondeu, algo distante. — É mais no interior que o povo pega.

— No Alto do Moura?

— É.

Quando era, hein? Era quando? Depois das chuvas de junho, de julho? Ou era no verão? A senhora não se lembrava exatamente. Mas sabia que era sempre de tarde, fim do dia (ou era depois da chuva?) — disso tinha alguma lembrança, porque o céu era sempre nublado naquele período do ano... (refez na mente a imagem do céu escuro, de quase noite). Estaria certa? E havia um cheiro de chuva? Como se tivesse chovido pouco antes. Ou havia sol?

Reconstruiu-se na memória da velha senhora o alarido de crianças e adultos, a gritaria, a correria alegre de gente abatendo com redes finas e pedaços de pano as tanajuras que esvoaçavam baixo, voando e revoando em nuvens, enxames pretos, cheias de asas, sobre as cabeças das pessoas. O chão chegava a pretejar, forrado das formigas abatidas e ainda se remexendo em agonia.

O segundo passo era recolher os insetos tombados, tampá-los dentro de vasilhas e sacos e levar para casa. Por vezes as formigas serviam para aplacar a fome em dias de comida minguada — retirados os ferrões e as asas, torradas na frigideira e passadas na manteiga e na farinha de mandioca, tinham um gosto bom e peculiar.

Ah, aquilo era quase uma alegria... (a senhora quase suspirou, e teve vontade de contar à moça, mas, envergonhada da nostalgia, calou-se). Continuou na rememoração solitária, longínqua, um tanto vexatória diante da atualidade da juventude à mesa. A moça era bastante moderna.

Agora seu esforço era para se lembrar do gosto exato das tanajuras torradas. Gosto de quê, hein? Onde, afinal, em que esconderijo das papilas gustativas ficavam guardadas as memórias dos sabores? Em que sensibilidade do cérebro da pessoa? Quantos anos fazia que não sentia aquele prazer de mastigar uma tanajura crocante? Pois tanajuras lembravam o gosto de amendoim torrado.

A jovem displicentemente tomava seu café, distante das elucubrações da senhora velha. Por que seria que aquela moça tinha perguntado a ela sobre tanajuras? De onde? Em que circunstância a jovem associou a mulher com a formiga? Essa pergunta ocupava de modo muito interessante a mente da velha, voando e revoando sem resposta...

— Em que época é mesmo que se pega tanajura? — a senhora perguntou, retomando a conversa.

— Sei direito não. Acho que é pelo São João.

Pelo São João! Claro! Isso mesmo. Devia ser isso mesmo — a senhora concordou, quase alegre. São João é exatamente época de chuva também, o inverno daquelas terras onde tinham nascido ela e a moça.

— E como é que vocês pegam tanajura lá? Com rede? Com pano? — a senhora indagou, quase entusiasmada.

— Sei não. Eu mesmo nunca peguei não.

— Ah... — a senhora surpreendeu-se ante a declaração da jovem moderna.

— Mainha é que compra... — a moça completou, um tanto alheia — ... e às vezes o povo dá, leva lá em casa... E também às vezes mainha congela.

Surpresa, a senhora quase riu de novo... Congela? Nunca tinha ouvido dizer aquilo, que se congelava tanajura... É que na casa dela, da velha senhora, naqueles tempos em que se caçavam e comiam tanajuras para matar a fome, nem geladeira tinha na cozinha.

— Há-há-há-há... tanay'ura... — a senhora riu, quase sozinha, dizendo na língua original "formiga de comer", "formiga que se come", quase como herdeira de um de seus antepassados caçadores tupis, guaranis... o ensinamento ancestral.

Mas a moça respondeu, no mesmo tom:

— Há-há-há-há... — sem saber por que a senhora tinha rido. E pouco importava. Eram ambas escuras, quase pretas como as próprias tanajuras. E essa identidade, essa ancestralidade, essa comunidade tinha algo de engraçado.

Em que circunstância teria a moça associado a senhora à formiga? A pergunta continuava esvoaçando no ar. Por que tinha despretensiosamente perguntado, do nada, "tu come tanajura"? Afinal, aquela moça moderna não conhecia a fome que era o passado da velha senhora — portanto, não fora esse o motivo da pergunta. Ora, aquela jovem moça era pura atualidade boa, apenas o hoje — em que não se via escassez, nem penúria nem vontade intensa! Aquela jovem moça era quase felicidade! (há-há-há... a senhora exultou, sozinha, em seus pensamentos).

Descompromissadamente, a jovem levou, então, aos ouvidos os fones conectados por dois fios no aparelho do telefone móvel.

Um dia antes, a moça tinha perguntado à senhora se não queria por acaso ouvir umas músicas que ela armazenava naquele telefone celular. A senhora hesitou na resposta — pois que às vezes o novo lhe dava preguiça... o moderno, que exigia concentração na coisa nunca vista nem nunca ouvida, exigia um interesse que de início lhe parecia custoso...

— Outra hora eu quero, sim.

E a senhora queria, sim, com certeza, depois. É que ao longo da vida mantivera a curiosidade nata, a inquietação juvenil dos seus tempos de menina e moça — ela achava interessante mesmo que a vida muitas vezes pairasse assim como uma interrogação sem sentido, esvoaçando aqui e ali em seu pensamento, até que ganhasse alguma forma de resposta.

— Pois eu achei a sua playlist bem diferentona — a jovem interferiu de súbito no silêncio da mesa, retirando os fones do ouvido, rindo —, mas eu gostei!

— Há-há-há... a minha "playlist"? — a senhora riu. — Aquela que você ouviu no meu carro?

Ora, entenderam-se também nisso, a jovem moderna e a velha senhora, já que ambas gostavam também de inhame: a moça, muito autoconcentrada, com fome somente de vida; a senhora, cheia de antiquada nostalgia e lembranças dos imorríveis sabores da fome.

A velha senhora olhou bem para a jovem à sua frente: a moça era supernova como uma estrela, ou como uma lua cintilando na noite escura. Era uma superstar aquela moça, ela e seus aplicativos, suas deezer-músicas, suas playlists e suas tanajuras modernas, congeladas. A vida era melhor na atualidade, no hoje apenas, sem passado, concluiu a mulher velha, com um quase nó na garganta (de tanta ultrapassada alegria... e de felicidade pela moça-estrela).

Primeira morte

Criou uma página para seu novo negócio: https://mecânico-definitivo. Tinha matado todos os seus passados, deixado sangrar, a foice uns, a peixeira outros, como se mata uma galinha no quintal. Mas não aproveitou nem mesmo o sangue. Livrou-se de tudo.

Seus dias passaram a ser assim: acabou que não choveu hoje. E pronto. Sem contestação. Sem especulação. Sem novas previsões para os dias seguintes, porque era certo que a morte é subitamente curta, e que a vida é breve. Era certo ainda que sua solidão era sinônimo de uma separação de tudo, um sertão, uma primeira morte.

De escritor que era, virou mecânico automotivo. Certo dia, acordou em crise: "não escrevo mais". Tornou-se mecânico de automóvel: vivia desde então entre ferramentas e graxa, concentrando-se concretamente em engrenagens sujas. Usava scanners, encontrava defeitos escondidos, falhas recônditas... elas que se revelavam, se indicavam magicamente na pequena tela do aparelho.

Como escrever era um processo vivo, pulsante, não quis mais conviver com aquilo. Escolheu lidar somente com coisas as quais pudesse controlar mecanicamente: como motores e máquinas. Perdeu o interesse por tudo o que tivesse vida própria e fosse se constituindo como um corpo autônomo, que cede ou resiste a seu bel-prazer, que surpreende, obra inacabada.

Em crise: considerava ruim, inaproveitável, tudo o que escrevera um dia. Abandonara artefatos de escrita, atividade que julgava ultrapassada: papel, lápis, caneta, teclados, programas, aplicativos, telas. Abandonara lembranças e imaginações, recusava acontecimentos, enredos. Largou tudo para lá. (Já estava mesmo escrevendo mecanicamente fazia tempo... automaticamente.) Agora era somente ele e seu sertão, sua solidão.

Não se relacionava mais com nada que fosse vivo — decidira preparar-se para a sua futura-presente morte em algum momento atual ou posterior a um momento qualquer: um segundo, um minuto, uma hora, um dia. Sua vida, sua narrativa, já não era feita de acontecimentos. Compunha-se apenas (nada mais, nada menos) de serviços a executar e entregar.

Criou uma página para exibir orçamentos e procedimentos de revisões e consertos automotivos: https://mecânicodefinitivo — coisa impossível em processos de escrita, calcular precisamente, concluir custos e expor processos de revisões. Desde que parou de escrever, sua história passara, então, a ser texto perdido entre seus não escritos, na biblioteca de seus vazios, na prateleira das ausências que a vida providenciava, na coleção dos desertos de suas estantes (que abrigavam apenas a caixa dos arquivos mortos de seus arrependimentos).

Desde que já não escrevia mais, sua história seria a dos outros — mas como já não se interessava pelos outros, não escrevia nada, porque não havia acontecimentos a contar. Quem, em sã consciência, queria praticar aquela inutilidade chamada escrever? Como ele podia ter sido tão otário? Sim, não passava do coitado que sempre fora, achando que era alguém... Achando que tinha alguma importância, sua vida e sua obra... Nenhuma, não tinha nenhuma. Um otário, um inseto... Pensava que estava fazendo a coisa certa, mas não estava... Escrever era também não escrever — tinha demorado para constatar isso, coisa tão simples, que escrever era também não escrever.

Fez curso, qualificou-se: a partir de então, só conhecia chaves e alicates, só lidava com cabos e conduítes, peças pequenas, médias e grandes — entregava ao cliente um trabalho de bastante precisão. Lidava com metal e peças de ferro. Entre suas funções muito definidas, estava a de revisar caixas de câmbio de carros, trocar óleos, lubrificar engrenagens e mecanismos. Fazia manutenções e reparos em geral, coisa que não cabia na prática da escrita (não havia manutenções possíveis nisso, pois que, uma vez escrito, morto estava).

E, não bastasse o fato de não se interessar mais pela história dos outros — muito menos pela sua própria —, sua própria família não via graça naquela sua atividade anterior, de indivíduo misantropo e de pouco dinheiro.

— Isso que você faz é muito trabalhoso... você fica sentado horas aí escrevendo... não sei por que não foi fazer outra coisa da vida — comentavam.

— Esse seu trabalho faz mal para a saúde... eu não sei para que você faz isso... — diziam, num misto de desdém e preocupação genuína com a insistência insalubre de alguém permanecer horas sentado diante de uma mesa, manejando palavras abstratas demais, sem obter nenhum retorno.

— Foi isso que sobrou. Só me restava isso — ele retrucava. — Você sabe muito bem que eu tinha que trabalhar, não podia estudar o dia todo, como exigem para a pessoa ser médico ou advogado. Você sabe muito bem!

Criou uma página para acesso de seus clientes: https://mecânicodefinitivo. Não se arrependera da mudança, ainda que ela representasse quase que uma primeira morte sua — os arrependimentos, porém, ele guardava como joias preciosas em caixas de arquivos que, mesmo mortos, eram tudo de que ele precisava para não esquecer seus erros.

Depois que largou tudo para lá, depois que a história de ninguém despertava nele qualquer interesse mais (pois é), depois que já tinha se exposto até demais (pois é), partira para outra coisa, outra atitude, outro mundo, como quem dissesse: "Não. Nem fale comigo. Não me importa quem você é ou foi. Não vou abrir a boca para emitir uma única palavra que seja. Não quero você à minha volta, muito menos na minha lembrança. Sua história não me interessa — como eu disse antes, matei todos os meus passados, alguns brutalmente, como quem esfola um porco, tira o toicinho, o lombo, e joga os bofes para os cachorros. Não, não. Não quero conversar com você (fico injuriado). Pouco me importa o teu sofrimento ou a tua felicidade, nem quantos anos você tem ou teve".

Preparou-se. Sua mão de obra é qualificada. Fez cursos, renasceu, revivido: é como se, antes, ele tivesse sido uma paisagem cinza, esturricada, uma vegetação de caatinga, de espinheiros retorcidos pela seca, árvores tortuosas, gravatás e cactos que aguardassem pacientemente para... bastava um simples chuvisco e aquilo tudo (ele mesmo) verdejava numa rapidez impressionante. De cinza e seco, de galho e graveto, tudo passava a folha verde, com brilho, com viço. Ele! Assim tinha sido. Da caatinga árida ao verdejar de campos largos. Assim era: apenas seu sertão, sua solidão.

— Isso não é serviço para você — a família observava, um tanto inconformada.

Depois que ele desistira de escrever — e esta tinha sido mesmo sua primeira morte, como já sabia —, que chovesse torrencialmente, já não lhe importava... que o mundo acabasse, pouco lhe importava também, tanto fazia, como na verdade tanto fez. Antes o procuravam, vinham atrás dele, perguntavam coisas, queriam que ele falasse sobre isso e aquilo, sobre se chovesse torrencialmente, sobre se houvesse cataclismas, terremotos, maremotos, guerras, assassinatos, rompimentos, desastres de tudo quanto é qualidade. Antes escreviam-lhe cartas, queriam saber se ele poderia conversar, tratar de assuntos, emitir opiniões, pronunciar falas e palestras. Ah, não. Deixou tudo para lá: não conversava mais, não se contava a si mesmo, não tinha mesmo o que narrar. Antes mandavam-lhe mensagens, verdadeiras cartas. Depois, não ("não me conte, porque não vou ouvir, não vou ler, não presto atenção em nada que é dos outros; não presto mais, já prestei muito e me expus demais"). Como quem dissesse: "pouco me importa se você envelheceu; se é jovem, muito menos. Se você está casado com a mesma mulher há décadas, com o mesmo homem há décadas... Eu não quero saber se você é ou não é da minha vida, se foi ou não foi, quanto tempo ficou ou quando se foi... Não me importa... Não me interessa...".

E tinha mais uma coisa: carregava consigo todos os seus arrependimentos, cultivando todos eles como quem rega uma planta no deserto. Seus arrependimentos eram a melhor herança de que dispunha, levava todos como quem sobraça zelosamente uma pasta cheia de documentos raros. Seus arrependimentos eram bons porque lhe lembravam a todo momento quem ele fora e quem deveria ser, de então em diante. Tinha sido um nada, um inseto, mas agora sabia por quem deveria ter se interessado e por quem não deveria, com quem deveria ter estado e com quem não deveria, o que deveria ter feito e o que não deveria, por que escrevera o que escrevera e por que não escrevera o que não escrevera.

Arrependimentos eram as melhores lições de vida: sua mão de obra era agora qualificada, aprendera muito em cursos de aperfeiçoamento — coisa que não existia na prática de escrever, já que, uma vez a coisa escrita, morta estaria —, sabia como poucos manejar ferramentas diversas, escolher as mais eficientes. Seu torquímetro, por exemplo, era eletrônico, com indicador digital, equipamento que tinha como função mostrar a força que o mecânico deveria utilizar para apertar ou afrouxar determinado parafuso. Precisão total! Magia! Ele conhecia os valores dos torques para as mais diversas peças do carro. Com isso, evitava empenos ou ajustes fortes ou fracos demais! Isso interessa? Pois isso lhe interessava demais! Era somente isso que lhe interessava desde então. Isso era quase um milagre, se existissem milagres. Entregava ao cliente um serviço final de bastante precisão. Só precisava falar com clientes sobre sintomas, diagnósticos e soluções de conserto para a máquina e suas partes, a correia dentada, o freio.

— Sim, o problema está na sonda lambda, senhor — e a interrogação no rosto do cliente não era maior do que a de um leitor qualquer que tentasse entender o que ele escrevia, o que haveria por trás de uma metáfora, de um trecho indecifrável de texto... (Escrever era um esforço demasiado, um intuito inútil: para que um outro qualquer compreendesse um intrincado de enunciados sobre os quais não se tinha certeza nenhuma, nem quanto ao torque nem, muito menos, quanto ao significado — de modo que, e portanto, podia haver empenos invisíveis, fissuras graves, galhos e gravetos à espera de... espera de quê?) Ao senhor, ao cliente, bastava mostrar a "sonda lambda", o objeto concreto, a função da peça, e tudo estaria esclarecido. Para maiores informações, a página que ele tinha criado: https://mecânicodefinitivo.

Ele utilizava sobretudo elevadores suspensos na sua oficina: via tudo por baixo, nas estruturas, nas entranhas da máquina, do motor, o carro suspenso lá no alto, sem maiores esforços que não hidráulica e pistão, física, exatidão, coisa que resultava impossível nas entrelinhas de uma escrita que se escondia sempre, surpreendia, autônoma, cheia de falhas e fissuras incorrigíveis.

— Minha senhora, vamos trocar amortecedores... o dianteiro e o traseiro, juntamente com o kit de buchas... os braços da suspensão — recomendava a uma cliente atenta.

— Essa quilometragem já pede a troca de todos os óleos, senhor, do diferencial traseiro e dianteiro, e da caixa de transferência..., do câmbio... e líquido do radiador — indicava a outro.

— Melhor trocar os quatro pneus, alinhar, balancear... Os pneus deste carro ainda são os originais, moça... — avaliava com outra.

O orçamento detalhado ficaria exposto no endereço eletrônico: https://mecânicodefinitivo. Era profissional honesto, tão transparente e sincero como quando escrevia e se expunha, e se apresentava com suas entranhas de galinha, seus tecidos de porco.

Tinha matado, afinal, todos os seus passados. Tinha cansado de ser uma pessoa constrangida, com vergonha de si mesma, carregando para cima e para baixo os escritos que colecionara, e outros, que ainda insistia em escrever... esperando que... esperando o quê? Não se tratava de sucesso ou fracasso... tratava-se da agonia da obra inacabada, da obra-monstro que se movia sozinha para onde bem entendesse.

Tinha encerrado com aquilo. Apenas achou importante manter seus arrependimentos, organizando todos eles, classificando-os por tamanhos, numerações e intensidades de torque: como quem arranja ferramentas num painel de oficina, expondo-as de modo tal que localizasse qualquer uma, a qualquer momento, conforme a necessidade. Necessidade de quê? De nunca esquecer, nunca! Arrependimentos, erros a examinar detidamente, a estudar com cuidado, a ponderar e avaliar, para concluir em que ponto teria feito a coisa certa, não tivesse cometido o engano, a ilusão.

Sua revolta, sua revolução, seu exorcismo tinha sido — nunca pensou em sucesso nem fracasso — optar pela realidade nua e crua, sair daquele mundo etéreo de escrever, de lembrar, de formular, de enunciar, de criar narrativas que o envolvessem e à vida dos outros, às histórias dos outros. Pouco lhe importavam os outros: mantinha deles apenas a parte que lhes cabia em seu rol de arrependimentos, cultivando todos como quem rega uma planta no deserto. Cultivava, sim, para não repetir seus erros — mantinha, aliás, muito longa distância de todos os indivíduos errados com quem se relacionara de alguma forma. Escolhera mal diversas amizades, relações deste ou daquele tipo. E não se arrepende de tê-las afastado de sua vida: "afastei, pouco me importa".

Transformou-se num expert em seu ramo de atuação (atingiu especificidades, coisa que escrevendo não se consegue). Conhecia como ninguém manômetros e chaves (inglesa, allen, de boca, de fenda). Resolvia tudo rápido, sem dor nem esperas angustiantes, incertezas. Diagnósticos precisos eram postados na página https://mecânicodefinitivo. E que o mundo acabasse, pouco lhe importava.

E mais uma coisa, ainda: ele já tinha sido bastante infeliz, hein. Tinha sido bem infeliz, achando que era feliz. Era com sabor amargo que lhe voltavam as lembranças daqueles tempos de infelicidade. Era infelicidade: mas ele estava cego? Era uma cegueira de alma. Até que ponto se podia viver de ilusões e falsas esperanças? Ele não passara do inseto que sempre fora. Um otário. Era o que tinha sobrado para ele: ser um inseto sentado a uma mesa onde redigia coisas inúteis.

Hoje reduzia-se ao seguinte discurso: "Não quero saber, não conte. Não vou ouvir sua história, nem mesmo no que ela tenha a ver com a minha. Pouco me importa o que você foi ou deixou de ser na minha vida. Não me interessam essas falas, essas narrativas cheias de acontecimentos, essas imbricações de relatos e de vidas. Farto, fiquei farto disso. Prefiro o silêncio — quer dizer, o ruído das máquinas e dos motores é melhor do que o martelar de conversas e lembranças. Hoje só tenho serviços a entregar".

Que chovesse torrencialmente, pouco lhe importava... Que o mundo acabasse, pouco lhe importava... Até porque, qualquer dia desses viriam lhe falar de sua morte. Viriam. Ele sabia que viriam ("olha, você morreu, é a notícia"). Viriam, sim. E ele não teria aprendido a falar russo nem tupi-guarani, como de início planejara. Também não teria melhorado seu desempenho em francês, como um dia quis. Nem teria escrito novas histórias sobre isso ou aquilo, como imaginava. Muito menos uma história de sua vida. Viriam qualquer dia desses anunciar a sua morte ("veja, você morreu, está morto, deram a notícia"). Haveriam de vir. Ainda que ele não tivesse voltado à praia uma última vez, como desejara. Mas que ninguém se iludisse! Não! Que ninguém se iludisse — porque, na verdade, ele não queria ter nada disso para fazer antes que viessem lhe falar de sua morte. Não deixaria nada por fazer, nem ninguém por rever, oficina limpa, painel detalhadamente organizado. Ele quis o que fez e estava bom assim — quis apenas o que tinha feito. Estava bom assim! Seu texto era ruim e ele era ruim — o certo era isso.

Parar de escrever tinha sido sua primeira morte, ele sabia, sim, mas logo viriam outras, ou a outra, definitiva: melhor pensar nisso do que em qualquer outra coisa, ou em qualquer pessoa. Melhor preparar-se: "adeus".

Escarlatina

Não sei por que Ricardo não olhava na minha cara. É que eu via os olhos azuis magníficos dele e: não sei por que esse menino, Ricardo, nunca olha para mim. Tínhamos dez ou onze anos, estávamos na mesma sala da quarta ou quinta série daquela escola.

Não é que eu me importasse, de fato, por Ricardo sequer olhar para mim. O que me espantava era o desinteresse dele pela diferença entre nós — pois eu nunca tinha visto um menino tão branco, tão loiro e de olhos tão intensamente azuis.

Ele só me interessava, de fato, pela diferença. O que eu queria saber era como se nascia com olhos azuis tão azuis que me dava até vontade de rir, às vezes de gargalhar, nervosa.

No recreio, concentrada no jogo de bolas de gude — e menina feliz, sim, ali, entre outras meninas e meninos de olhos escuros — eu associava as bolinhas de vidro ao azul-claro translúcido dos olhos de Ricardo.

Pois, tanto me impressionavam os olhos coloridos que eu, exímia jogadora de gude, tentava acertar principalmente as bolinhas azuis, vítreas, tão maravilhosas na sua transparência de céu, de água de mar. E eu matava, matava sim muitas daquelas, que iam então aumentar minha coleção de bolinhas guardadas nos saquinhos de pano, pequenos tesouros em botijas.

Ricardo não me dirigia nenhum olhar. Mas aquela diferença entre nós era para mim um choque de quase alegria — é que eu me reservava o direito de ficar olhando para ele o quanto eu quisesse, e pronto. Como poderia existir coisa tão diferente assim, de mim? Eu era nova na cidade e na escola. Nunca tinha visto tão de perto alguém tão branco, nem convivido com olhos daquela cor assim, cara a cara, muito embora Ricardo fingisse que não me via. (Inventei essa hipótese menos terrível, de que ele fingia não me ver.)

Um dia ele faltou à aula, e a professora então anunciou:

— Ricardo não veio hoje. Está doente, com escarlatina.

A notícia inesperada me surpreendeu tanto, como se a sala tivesse de repente ficado vazia, ocupada apenas pela novidade da palavra. Escarlatina.

— Com quê? Que nome! — Alguém exclamou, lá do fundo da sala.

— Uma febre, um tipo de febre. — A professora explicou.

Escarlatina. Nome desconhecido, que não era nem a coqueluche nem a catapora que eu já tinha tido... nem era aquela doença que fazia o queixo inchar, e a que chamavam de papeira.

— Mas não é papeira? — Perguntei à professora, mulher que, estava claro, sempre me ignorava. Perguntei simplesmente para que ela não respondesse, pois se eu sabia que papeira era outra coisa! Sabia muito bem.

— Mas ele vem amanhã? — Outra menina questionou.

— Escarlatina é uma doença contagiosa... A gente pode pegar a doença se Ricardo vier para a escola. Ele tem que ficar em casa. — Sentenciou a professora.

— Mas quando ele vem? — Insisti na pergunta, sem reposta. Repeti mentalmente o nome que a mim tinha soado até bonito. Escarlatina. Ia perguntar a minha mãe quando voltasse para casa.

Eu era nova naquela escola, primeira vez em que estudava em classes mistas, de meninos e meninas juntos. A escola anterior era só de meninas. A notícia da ausência de Ricardo esvaziara a sala porque era justamente com ele que eu me distraía na aula, observando-o de longe, pelo tempo que eu quisesse, e pronto. (Eu prestava pouca atenção à professora, resolvera desdenhá-la igualmente, com o mesmo descaso que ela reservava à minha pequena pessoa).

Havia tempos eu tinha aprendido a combater com olho por olho, com dente por dente, a indiferença que a gente grande, a gente adulta, dispensava a seres menores do que elas, de quem se queixavam sem motivo, a quem ignoravam ou rechaçavam como empecilhos.

A escola nova me parecia desprezível se comparada à anterior: cinzenta, o pátio acanhado, lotado de crianças que falavam de um jeito diferente do meu, e de professores que não davam conta de olhar na minha cara. Sim, porque aquela professora, estava claro, tinha suas preferências, seus alunos e alunas escolhidos (e Ricardo era um deles).

Não que eu me importasse de fato com que a professora me ignorasse. Estava acostumada: na minha própria família, de muitas irmãs e irmãos, minha mãe atrapalhava-se, problemática, sem tempo, sem cabeça para atender a tantas crianças na barra de sua saia, como ela dizia.

Cheguei em casa com a pergunta sobre escarlatina, que um menino da escola não tinha nem ido à aula, com escarlatina, "escarlatina", a professora tinha falado aquela palavra, que era uma febre. Mas que febre? Era um tipo de febre? Como era?

— É febre alta, e a pessoa fica toda manchada no corpo... — A mãe disse. "Manchada"? Mas que diabo era aquilo? Manchada, como? Por favor, manchada como? Ricardo e sua pele de tanta alvura, manchado? Como seria possível? Por favor!

— Vê se vocês saem da barra da minha saia! — A mãe reagiu, ríspida, no aperreio de sempre.

E por dias que me pareceram intermináveis convivi com aquele mistério, o da palavra e o da pele branca do menino, que estaria toda modificada pela enfermidade estranha. Minha vontade era bater à porta da casa dele, que era apenas na frente da minha, e perguntar, e saber.

Mas Ricardo não era de aparecer muito na rua, só saía com a mãe ou o pai, não brincava de bola de gude, não se sujava na terra fofa, ainda molhada das chuvas da estação. Para jogar aquele jogo, cavavam-se na terra pequenas covas para receber as bolas, e desenhava-se um triângulo no chão. Era mais fácil se a terra estivesse meio solta e úmida.

Mas Ricardo não se sujava na terra escura. Ele, com seus traços finos, seu nariz afilado, seu cabelo loiro e seus olhos azuis parecia um príncipe daqueles que encontravam botijas de tesouros escondidos ou despertavam princesas adormecidas. No livro da escola tinha esse tipo de histórias que eu, a bem dizer, achava estúpidas. Sim, porque eu não precisava de ninguém para me despertar de nada.

— Teu olho parece uma bola de gude... — Arrisquei dizer a Ricardo um dia, e ele escutou, calado, olho no olho comigo pela primeira vez. — Sabia que teu olho parece uma bola de gude azul? — Persisti, mas sem resposta.

Teve um dia em que eu mesma botei uma daquelas bolas de gude azuis diante do meu próprio olho e fui ao espelho ver como ficava. Dei risadas. Olho de monstro, saltado para fora!

Mas não é que eu me importasse de fato que não tenham dirigido a mim sequer um único olhar outros tantos meninos loiros, de olhos verdes ou azuis, de pele tão branca diferente que dava vontade de tocar neles.

Não é isso. Não era isso.

Não é que eu me importasse que tantos outros seres loiros como Claudio, como Alberto, como Paulo — nomes comuns de meninos, mas absoluta novidade incomum para mim —, que esses tantos seres não tenham se interessado por mim ainda que fosse por uma simples curiosidade movida pela diferença que nos opunha tão fortemente a ponto de dar vontade de rir nervosamente, entre alegria e estupefação.

Não é que eu me importasse de fato... Ricardo não olhava na minha cara, a professora me ignorava, a escola era nova... Mas eu estava tão acostumada, mas tão acostumada! Meu próprio pai tinha suas preferências, suas escolhidas entre nós, as filhas — e não era eu.

Eu estava, sim, acostumada. Muito embora fosse inevitável entristecer às vezes por isso, e ficar andando sozinha pelos cantos do pátio... quando nem brincar de bola de gude servia para aplacar o sentimento de isolamento e raiva. Era uma espécie de dor no peito. A pura verdade era esta: uma dor no peito, de um sufocante soluço que ia se formando lá bem no fundo de mim mesma, avolumando-se, crescendo, encrespando-se e, se as lágrimas transbordassem em água salgada, seria como uma onda na praia, rugindo e esborrando e engolfando meu corpo pequeno e franzino até atirá-lo todo em miséria na areia. Então, eu não permitiria!

Eu estava acostumada com que a onda me cuspisse, me expulsasse, me lançasse feito um molambo na beira da praia. Mas eu levantava logo. Aquilo não era derrota, eu que sou do mar, que tinha nascido no mar e vivido no mar. (Eu não precisava de ninguém que me levantasse.) Então eu não permitia que rolasse de dentro de mim aquela onda quente, que se erguesse nas alturas e descesse e explodisse, e se quebrasse toda em forma de choro. Eu não permitia! Estava acostumada.

Na minha própria família, meu pai tinha sua filha preferida, a mais nova, e não escondia isso de ninguém. Eu estava acostumada.

— Engole esse choro! Engole! — Meu pai ameaçava várias vezes, corrigindo as filhas. Então eu resistia, ia chorar somente depois, longe daquele homem mau.

Entretanto, passados uns tantos dias, e num momento daqueles em que eu estava toda concentrada no jogo de bolas de gude com outros meninos e meninas na rua, eis que avistamos Ricardo saindo com a mãe. E ele estava com a pele toda avermelhada! Toda, completamente, da cara aos braços e pernas, que ele vestia shorts. Paramos o jogo por alguns instantes, todos nós, imobilizados pela visão inesperada.

Pararam mãe e filho na entrada da varanda, antes de sair pelo portão. E como a varanda se desenhava em forma de portal arqueado, diferente de todas as outras casas da rua, e como a mãe colocou carinhosamente a mão no ombro de seu filho Ricardo, e como parecia que havia um halo acima deles, daqueles dos santos, coroando a cena que lembrava os tipos angelicais pintados nos afrescos da abóbada da igreja, aquilo não parecia nem real.

— Ricardo! — Algum de nós exclamou. — Mas você está todo vermelho!

E houve risos aqui e ali. E Ricardo, de fato, de príncipe e anjo que poderia ser, estava de repente diabólico, numa pele que parecia também áspera. Diabólico, a despeito de seus tristes e úmidos olhos azuis.

— Ricardo!

E houve mais risadinhas.

E eu, muda, tomada por tantas emoções, de surpresa, de ironia, de regozijo pelas risadas que as outras crianças soltaram sem hesitação, eu, no fundo de mim mesma, eu exclamei várias vezes, como quem tivesse acabado de matar uma bolinha azulada, cor de céu-e-mar, eu exclamei, em vingança pura: Bem feito! Bem feito para você, Ricardo! Bem feito!

Ponto-cruz, ponto-atrás

Dentre todas as filhas, aquela escolheu ser feliz — "escolher" não é bem a palavra. Dentre todas as filhas, aquela decidiu, ou prometeu a si mesma, ser feliz. Quer dizer: não ia costurar nem ia bordar.

Só sabia que a mãe era infeliz e os homens não costuravam. Só sabia que a mãe era artesanal e, no cacarejar de várias mulheres que circulavam por aquela sala onde se cobriam botões e forravam-se cintos, a mãe na verdade não gostava de costurar.

Havia no portão da casa uma placa: COBREM-SE BOTÕES/ FORRAM-SE CINTOS. E mulheres acorriam de todas as ruas do bairro em busca dos pequenos serviços artesanais que a mãe executava por obrigação, necessidade de sustentar os seis filhos que, na verdade, ela não sabia se queria ter tido. Então, vivia a contragosto entre panos, tecidos de todo tipo, fustões, cambraias, gabardines, sedas e morins.

No farfalhar de tantas mulheres que frequentavam aquela sala, tratava-se de sianinhas, babados e rendas. A mãe utilizava a prensa manual com mandril, uma pequena máquina de ferro, para prensar os botões já cobertos com os tecidos que o mulheril trazia — todos combinando com os vestidos, as saias e outras peças de roupas que elas usariam depois, com felicidade.

Os homens não costuravam. O que o marido (o pai) fizera tinha sido, no máximo, adquirir a pequena máquina que já vinha com as matrizes diversas para prensar os botões, pequenas formas de ferro ou metal, correspondentes e numeradas conforme os tamanhos dos botões (110, 80, 35...). As matrizes eram também para ilhoses, rebites e pérolas. Enfiavam-se ali os botões já cobertos com o tecido escolhido e prensava-se um por vez, com força, na máquina. Pronto — saíam forrados, resultado do trabalho que a mãe executava com infelicidade, uma vez que não gostava daquela atividade e uma vez que, no fundo, achava seu próprio marido um homem péssimo. No momento de manusear a prensa, aliás, a mãe imprimia tanta força que era como se jogasse toda a sua amargura naquele movimento mecânico.

COBREM-SE BOTÕES/ FORRAM-SE CINTOS: pois aquela filha odiava aquela placa no portão de casa, porque sabia o que aqueles dizeres significavam: a tristeza estampada na cara da mãe. Era um entra e sai de mulheres, freguesas dos botões, dos cintos... um cá-cá-cá de moças e senhoras medindo retalhos de algodão, fitas de gorgorão, interessadas em vestidos para festas, para cerimônias na igreja, para o Natal ou o São João.

Àquela filha, o serviço da mãe parecia inútil, porque a pobreza da família não diminuía... — e durante o há-há-há, há-há-há da mulherada que tratava de vidrilhos, estrasses, arremates e aviamentos, ela sabia que a mãe chorava por dentro, muitas vezes.

Quando a mãe chorava por dentro, porque, de verdade, não gostava da vida que levava — a costura, o marido, os filhos, a pobreza —, aquela filha saía para o quintal, ofendida, com raiva da constante tristeza da mãe. A filha ia muitas vezes chorar escondido também, no alto da mangueira que cheirava bem, carregada de mangas nos outubros quentes, as mangas-espadas já maduras — coisa bonita, diferente da vida ruim que a mãe levava. Nas brigas com as irmãs, que a encontravam chorando vez ou outra, aquela filha soltava xingamentos e promessas.

— Nem pense que eu não vou ser feliz quando eu crescer, porque eu vou ser! — gritava, choramingando, para a irmã, na briga de provocação.

— Não vai não, sua molenga, sua manteiga derretida! — a irmã retrucava, sem piedade. E aquela filha então subia mais alto ainda na árvore, para continuar a chorar lá longe e sozinha.

De vez em quando, a mãe ia, quase conformada, ao centro da cidade comprar fazendas ralas e baratas, as chitas de algodão que usava para confeccionar os vestidos das filhas, para fazer lençóis, fronhas e panos de pratos. Numa dessas idas, acompanhando a mãe, aquela filha viu a mulher chorar por fora, as lágrimas correrem, porque o dinheiro tinha sido curto, e ela voltava para casa com quase nada de panos e aviamentos.

Então, para que costurar?! A filha se perguntava, com pena da mãe, no caminho de volta para casa, percorrendo de mãos dadas com a mulher a avenida dura, à beira do rio que cheirava a podridão, sufocada pelo calor daquele centro da cidade quente e suja. Ora, a mãe continuava pobre! A família continuava pobre! Para que costurar?

A mãe trabalhava a contragosto, nas horas vagas dos afazeres de dona de casa cheia de filhos e um marido péssimo; mesmo assim, caseava camisas e blusas, trocava elásticos de calções e calças, pregava colchetes e ilhoses. Os cintos eram forrados à mão, revestidos com o tecido desejado — cobria-se o cinto de couro com o pano e depois ele era pregado na máquina de costura.

Discutiam-se pontos e pespontos no ri-ri-ri das senhoras e moças, enquanto a mãe fingia que ria. Mas a despeito do zum-

-zum-zum do serviço artesanal, entre as linhas e os carretéis que a mãe manuseava cotidianamente, a pobreza da família não diminuía.

Na escola de freiras onde as filhas estudavam, aquela filha tinha que amargar também as aulas de bordado obrigatórias para filhas de protestantes como ela e as irmãs. Como eram bolsistas e "crentes", eram proibidas pelas freiras de assistir às aulas de religião, às missas e celebrações da escola católica. Como forma de ocupá-las nesses períodos, tinham que assistir às aulas de bordado. Para aquela filha que já tinha optado, a despeito de sua meninice, por outra coisa a fazer de sua vida, que não a amargura e o chororô da mãe que costurava, borda-va, caseava e forrava botões e cintos, as aulas de bordado eram uma tortura.

— Nem pense que eu vou costurar e bordar porque eu não vou! — ela gritava com a irmã mais velha, que a provocava e perseguia, apontando os erros no bordado que ela precisava re-petir e repetir até acertar.

— Pois a mamãe disse que vai te dar um tabefe no toitiço se você continuar desse jeito. Um tabefe, entendeu?

Ela não se importava, porque sabia que a mãe ameaçava mas não batia (ao contrário do pai, que às vezes batia, batia sim, aquele pai que não costurava, que pouco se metia com aquele universo cacarejante de mulheres e tecidos). Desde o material obrigatório, a aula de bordado era uma prisão: um bastidor de madeira leve, onde se esticava o tecido branco e fino a ser bor-dado, papel-carbono para riscar o desenho, o molde do bordado no pano, novelos de linhas coloridas, agulhas, dedal e tesoura; e, para os desenhos, a professora freira queria flores com péta-las e folhas, passarinhos cantantes, raios de um sol brilhante — atividade sem sentido aquela de ir tecendo ponto por ponto, preenchendo os vazios, os buracos do pano.

— Para que serve?! — a filha se revoltava com a mãe. — Não serve é de nada!

Acontecia de a mãe ajudar, em casa, na tarefa de as filhas corrigirem os bordados para apresentar na aula, acertarem, aprimorarem os pontos e pespontos, os arremates. Acontecia que a filha detestava desenhar flores e passarinhos.

— Pare de reclamar e conserte o ponto-corrente. Eu já disse, esse é fácil, como numa corrente, elo com elo, você começa o próximo ponto dentro da alça do ponto anterior — a mãe insistia.

— O quê? Não entendi isso não. Não quero saber! Nem pense que eu vou bordar e costurar, porque eu não vou!

— Você está merecendo é um tabefe no toitiço — a mãe respondia, soltando seu palavreado de irritação. — E vamos logo com isso, que depois ainda tem uma fileira de ponto-cruz para fazer.

Ponto-cruz? Pois aquela filha não ia fazer ponto-cruz nenhum. A cruz é sua! Teve vontade de jogar na cara da mãe: a cruz é sua, é você que vive na cruz, repetiu para si mesma, remoendo o que o pastor com cara de louco gritava no culto da igreja — que era preciso aceitar o sacrifício, como um jesus na cruz.

— Se não quer fazer o ponto-cruz — a mãe ponderava, como se adivinhasse os pensamentos daquela filha —, comece com o ponto-cheio, ou o ponto-atrás, que são mais fáceis.

— Ponto-atrás, nada! Por que não tem um ponto-na-frente? — aquela filha revoltava-se e as irmãs caíam na gargalhada.

Mas a mãe não ria. E tinha mesmo dias que ela tirava para ensinar às filhas o básico do corte e costura, porque achava que uma mulher precisava saber pregar um botão, um colchete, fazer uma bainha, coisa útil para o futuro, porque os homens não costuravam não.

Então, num dia qualquer dessa aula doméstica, aquela filha se recusou e escapuliu, correndo porta afora para o quintal. Trepou ligeira numa jaqueira alta, escondendo-se, embora tivesse hesitado por alguns segundos entre escolher essa árvore ou um também frondoso pé de fruta-pão: queria sentir a aspereza da casca do tronco dessas árvores, outras consistências, outras naturezas, superfícies grosseiras, rudezas, qualquer outra coisa que não a falsa maciez dos panos que deixavam a mãe infeliz. Mas a mãe tinha saído atrás dela, chinelo na mão:

— Mas é muito desaforo esse seu, não? Desce daí agora! — a mãe ameaçou, exibindo o chinelo. — Desce!

A mãe era na verdade uma boa pessoa, que, no final das contas, não batia, e de quem a menina tinha certa pena.

Aquela filha desceu da jaqueira, e levou apenas um bom safanão da mãe costureira, pregadora de botões.

— Eu já disse a você que uma mulher precisa saber fazer uma bainha, pregar um botão, um colchete. Então pare com essa sua agonia.

Na aula de corte e costura doméstica, a mãe era crítica e rígida:

— Isso é linha de preguiçoso — comentava sobre o pedaço comprido de linha que aquela filha enfiava no buraco da agulha.

A linha de preguiçoso era um pedaço mais longo da linha fina que aquela filha usava para não ter o trabalho de enfiar de novo outro pedaço no buraco estreito da agulha quando terminasse um trecho da costura. "Primeiro alinhavar", a mãe dizia, exigindo esse passo ainda anterior à costura, de modo que o seguinte, a costura em si, saísse firme e acertada. Mas como, se a mãe no fundo não gostava de costurar? E não gostava do próprio marido. Então, para quê, aquela filha se perguntava, na pequena tortura do enfiar e tirar a agulha que ia pregando o pano, no sobe e desce da agulha, que vez ou outra espetava fina e cruelmente seu dedo pequeno — entre ais de dor e uma gotícula de sangue que se pronunciava, explodia e escorria, aquela filha reclamava, implicava, largava tudo.

— Use um dedal! — a mãe insistia, sem dó.

Depois, ao final de tantos pontos, era arrematar, para garantir a amarradura, a fixação da costura. Na máquina de costura, porém, somente a mãe mexia. Primeiro, estendia sobre a mesa grandes pedaços de papel madeira em que desenhava a roupa a ser costurada; cortava os moldes de papel e só então aplicava no tecido, cortando-o em partes. Feito isso, sentava-se à máquina, pisando duro e fundo no pedal, como se descontasse naquilo a sua amargura, como por vingança, no ir e vir da máquina, no range-range da correia da velha máquina de costura.

Muitas vezes aquela filha ficava observando a mãe em seu processo de inútil manufatura, em sua artesania tristonha, naquele ruído doméstico de pedal e correia de máquina. Achava que a mãe deveria fazer outra coisa da vida, para que encontrasse felicidade em alguma medida. Ela mesma, aquela filha, não seria jamais aquilo que a mãe era: não bordaria nem costuraria. Quando as irmãs e ela brincavam de profissão, de o-que--você-vai-ser quando crescer, ela de pronto respondia:

— Eu já sei! Vou ser a dona da venda! É isso que eu vou ser! Eu quero ser a dona da venda.

Numa pequena mercearia na esquina da rua, que chamavam de venda, uma mulher vendia ovos e doces diversos. As filhas frequentavam cotidianamente o lugar, trocando moedas por confeitos de todo tipo.

— Eu já disse. Quero ser a dona da venda! E vou escrever uma placa no meu portão: VENDE-SE CONFEITO, BAMBOLÊ, CAVACO E NEGO BOM! Eu vou, sim! — ela repetia, inventiva, saltitante, intrometida, radiante de felicidade.

Canja

(Nos anos já mortos de 1900)

Para começo de conversa, amolavam a faca numa pedra do quintal... pedra que então desbastava o aço pouco a pouco, até a lâmina reluzir, afiada, pronta para a degola.

— Para começo de conversa, vamos amolar a faca — a mãe dizia, às vezes a tia, introduzindo com essa frase o assassinato por vir, da galinha criada no quintal.

A mãe e a tia, mulheres rústicas, tinham pernas fortes espetaculares, entre as quais prendiam uma galinha viva. Aquilo era um deslumbramento doméstico: as pernas poderosas, a faca, a coragem de degolar uma galinha viva.

Lá vinham elas caminhando pelo quintal de terra, carregando em uma única mão a galinha já capturada. A ave se sacudia e cacarejava, inconformada. Mãe e tia tratavam com muita naturalidade aquele ato de matar galinhas e sangrá-las para a cabidela.

Lá vinham elas, as donas daquele terreiro por onde vagavam galinhas, patos, perus e porcos (naquele ambiente em que se preparava a matança, o quintal crescia de tamanho — aquela pequena grandeza — e incorporava uma espécie de força da natureza, como as ondas da praia, como o mar, que rugia ali perto). O quintal era um todo-poderoso imenso.

A cena da matança era também sinal de que haveria comida boa, cheia de temperos fortes. Eram os anos mortos de 1900, um passado remoto, quando os quintais eram de terra, e as ruas também. A praia ficava perto, e quando era de noite, na algazarra com que grilos e sapos furavam o silêncio da escuridão, ouvia-se mais ao longe o rugido das ondas, e depois a quebra, o baque, as lapadas que elas davam na areia. O mais impressionante no mar era também o sal, o mais impressionante era o rugir e a fúria das ondas — o mais impressionante era o mar inteiro, aquela enorme grandeza. Corriam os anos mortos de 1900 naquele terreiro de galinhas, bichos tão domésticos, terreiro de mãe e de tia, gente tão doméstica.

[Hoje: Quanto tempo fazia? Já virado o século, ela, antes menina, tinha nascido no século anterior, nos anos mortos de 1900, assim como sua mãe, uma velha que agora precisava de canjas para esquentar o corpo diminuído de tamanho — aquela mãe, uma gigante e poderosíssima matadora de galinhas, encolhera tanto na velhice, tinha virado uma senhorinha octogenária e pequena.]

[Hoje: haveria apenas uma sopa leve de noite, para a mãe idosa — sopa feita a partir daquele caldo da memória das partes e dos miúdos (os pés e as asas) que sobravam de toda uma galinha... acrescentaria cenoura picadinha, cozida ao dente, alguma batata em pedacinhos, um pouco de arroz, muito caldo — e o retempero providencial, finalizando-se com o coentro verde cortadinho, servido na hora.]

[Hoje: dividiria ao meio a canja feita com os restos do frango do almoço: um pé da galinha para ela e o outro pé da galinha para a mãe. Sua única dúvida era se deveria manter as asas inteiras ou desfiá-las também para a sopa.]

Naqueles anos já mortos de 1900, haveria galinha para o almoço, ao molho de cabidela, do sangue que escorresse quente do pescoço da ave. Ela, menina, testemunha daquela tão interessante vida doméstica, assistia com frieza a mãe prender a ave entre as pernas no quintal, puxar para trás a cabeça do bicho, depenar um pouco o pescoço raspando com a faca a penugem curta — no lugar exato onde seria o corte —, aprumar a faca e dar o talho fatal. O sangue escorria para dentro de uma vasilha colocada no chão, coletado para o molho. A franga ou frango estrebuchava, estremecia alguns segundos enquanto o sangue gotejava na tigela — e logo o bicho jazia morto. O costume era esse.

Por vezes, enquanto a mãe levava até a cozinha a ave abatida, o pescoço do bicho, dependurado do corpo, ia gotejando o líquido vermelho, formando um rastro de pingos pelo quintal. E a menina, testemunha daquele crime tão interessante, ia seguindo a trilha, medindo com os pés a distância entre um pingo e outro. Logo surgiam moscas e formigas revolvendo as gotas de sangue no chão. Mas ela, maldosamente, atirava areia no filete de sangue, desmanchava a trilha, espantava as moscas e matava as formigas — ora, pois naquele terreiro tão doméstico ela mandava também, comandava a vida dos bichos (e não gostava de formigas, nem de moscas).

No quintal e seus recônditos, mandavam a mãe, a tia, e ela... mulheres tão domésticas e tão interessantes. Sua tarefa de menina era aguar as plantas, que a mãe queria viçosas: avencas, espadas-de-são-jorge, dálias, margaridas e rosas, plantas menores, que cresciam entre as árvores grandes, suas companheiras de brincadeira e refúgio: jaqueira, mangueira, abacateiro, um pé de carambola, um pé de romã. O quintal de terra era toda uma pequena grandeza, um território.

Aquele era de fato um terreiro que parecia imenso: e ali ela, menina, reinava sobre cigarras, lesmas, gafanhotos (estes últimos, ela tratava como animais de estimação, amarrando no pescoço deles uma linha de costura bem longa, para puxá-los como se fossem cachorrinhos). Somente os bichos noturnos é que ela temia um pouco, os vaga-lumes e, às vezes, uma coruja que piava, dando seu sinal de mau agouro (conforme diziam a mãe e a tia). Mas temia sobretudo os bichos da chuva, no tempo das águas, nos invernos, as rãs, as pererecas, os sapos, habitantes da noite, o momento menos doméstico da vida.

Naqueles anos mortos de 1900, quando a mãe passava do quintal para a cozinha, já fumegava no fogão uma panela grande, com água fervente... Na cozinha, dava-se continuidade à pequena matança... A mãe vinha com o frango desfalecido... e por vezes o cadáver ia respingando também naquele chão de cimento queimado algumas gotas do líquido vermelho e, por mais que a mãe tivesse o cuidado de amparar com a mão o pescoço lascado, dependurado do corpo mole... caíam pingos... A cozinha, o lugar mais doméstico e interessante de todos, era palco de sujeira, de sal, suor e sangue...

Como o sangue da galinha talhava se não o misturassem de imediato ao vinagre, a mãe logo tomava essa providência. Depois mergulhava na água fervente o bicho morto, com penas e tudo. Na sequência, era arrancarem as penas, puxando uma a uma, no que a menina-testemunha ajudava, tocando com cuidado na pena ainda quente... Era um momento de pequena danação, de uma quase esculhambação naquela cozinha doméstica, naqueles anos de 1900.

[Hoje: Quando já era de noite, mas ainda cedo, decidira por preparar uma canja (que a mãe já estava idosa e canja era bom para velhos) — uma canja regada à memória daquele universo onde a mãe matara, em passado remoto, e entre suas pernas espetacularmente poderosas, tantas galinhas.]

[Hoje: sua única dúvida era se deveria manter as asas inteiras ou desfiá-las também, para a sopa: pois que os pés ficariam inteiros, como a mãe gostava, que eles continham colágeno, que era bom para os ossos da mãe já quebradiça.]

[Hoje: no universo diminuído, da mãe idosa, o terreiro que não existia mais era vaga lembrança de uma grandeza doméstica — o quintal encolhera, talhara como uma poça de sangue que passara do ponto e, portanto, fora descartada para o molho. As galinhas, aquelas vítimas da poderosa matança, tinham escapulido na captura, fugido quintal adentro, sumido.]

[Mas a receita, que ela transformara em canja para a mãe encolhida, permanecia, como que anotada num caderno antigo, de folhas amarelas, deterioradas pelo uso que o tempo fizera daquilo. Assim:

(RECEITA DE CANJA: INGREDIENTES — e revire as memórias, como quem revira panelas em busca de uma onde tudo caiba)

Todos os ingredientes da memória do sangue, ou seja:

1 memória de 1 frango matado à moda de degola

1 tigela de memória do sangue escorrendo

1 lembrança pequena do poder espetacular da mãe (e uma lembrança das pernas fortes da tia)

2 imagens da faca reluzindo no pescoço da ave (mas antes a imagem da pedra afiadora)

1 memória afiada do talho no pescoço da ave

1 lembrança de panela grande de água fervendo (observe a linha do vapor)

2 imagens do amontoado de penas já tiradas (reserve)

1 imagem inteira do corpo do frango depenado e nu

1 memória fresca dos restos miúdos do frango (pés, asas, moela)

2 litros de memória do frango (já depenado) chamuscado no fogo

1 lembrança de sal (a gosto, do mar ou da cozinha)

Separe todos os miúdos de lembranças (reserve)]

[Hoje: Comer inteiro um pé de galinha dentro da canja... acrescentar outras partes, para além da carne branca e insossa do peito, de modo que a iguaria ganhasse mais sabor, o das carnes mais escuras e tenras. Sua única dúvida era se deixava inteiras as asas ou se as desfiava.]

[Hoje: Canja feita de restos... de sobras de pequenas grandezas domésticas, perdidas nos remotos anos de 1900, presentes apenas nos ingredientes da memória do sangue. Mas ela sabia fazer. Tinha anotado o modo de fazer num caderno antigo, de folhas amarelas, deterioradas pelo uso que o tempo fizera daquilo. Assim:

(RECEITA DE CANJA: MODO DE FAZER — e revire as memórias de pequenas grandezas domésticas, como quem revira panelas em busca de uma onde tudo caiba)

Descasque as imagens e reserve a essência delas (o entre-as-pernas da mãe ou da tia, a pedra ao sol, o fio da faca, o corte, o frango estrebuchando). Separe as memórias (como quem lava partes da galinha), a ponto de estarem bem nítidas. Corte em fatias finas ou desfie tudo e acrescente os miúdos de lembranças. Disponha depois as fatias (como se fosse transferir para uma panela grande), tempere com pitadas de outras recordações menores, cubra (como se fosse cobrir com água, para que elas subam, boiem, assentem ali por um tempo), tampe e deixe cozinhar no pensamento por longos minutos (como se estivessem em fogo brando...), enquanto o vapor sobe, faz pequeno novelo de fumaça-memória. Terminado esse processo, retire o excesso (como se com uma escumadeira), que de nada serve, e descarte. Quando começarem a se formar outras memórias, mexa, misture tudo muito bem. Disponha depois aquela massa já temperada e como se estivesse cozida (como se fosse uma comida); disponha como se fosse cortar em quadrados idênticos, que se encaixem como partes de uma escrita, como se fosse mesmo contar uma história (canja é caldo de uma história de galinha, bicho doméstico, de uma história de mãe e de tia, gente doméstica, rústica e espetacularmente poderosa).]

Terminada a receita e todo o espetáculo do preparo da galinha tão doméstica [concluída também a canja e a memória das pequenas grandezas de uma vida tão antigamente doméstica], comeriam no almoço, com arroz e farofa — e o arroz ela, menina-testemunha, naqueles antigos anos de 1900, ela preferia mole, arroz-papa, empapado, que a mãe às vezes fazia: era porque — seria por isso, justamente? — se tratava de comida da memória dos tempos de um ainda sem-dentes, menina de colo de mãe, de tia, tempos de mingaus, papinhas, comidas de mães e tias... [Terminada a canja, ela mergulhou no caldo quente um tanto do resto do arroz do almoço, meio papa também, que a mãe precisava de alimentos mais moles... a mãe velhinha, cujos dentes tinham enfraquecido, passado já tanto tempo daqueles remotos anos de 1900.] [Quanto às asas, ela tinha deixado inteiras mesmo, como se fosse melhor para voar tempo adentro.]

Ao vivo

Agora esta tua morte, esse trauma... Teu livro me olha de lá de cima da minha escrivaninha, teu nome ressaltando nas letras brancas. É que me trouxeram livros teus que eu não conhecia. Tua obra. É que me trouxeram inclusive tuas filhas, tua mulher... a mim, que não as conhecia!

Tuas filhas brincam no gramado da minha casa. Como assim? Como é que eu faço? Você não me disse... não me avisou. Nada. Tuas filhas brincam, e meu cachorro pula e salta com elas...

Ora, nosso desencontro virou reencontro! Mas apenas com partes de você, com o melhor da tua reprodução: teus gestos, teu nariz, tua testa, teu sorriso no sorriso de tuas filhas, na cara delas. Teu legado, teu deixado.

Meu cachorro salta e as meninas riem... tudo em cores, em tempo real. Estivesse você aqui, como nos velhos tempos, e soltaríamos um comentário qualquer daqueles nossos, um julgamento, sobre os cachorros, por exemplo, daquelas falas que não serviam para muita coisa, senão somente para que ríssemos depois:

— Que existência imbecil desses animais, hein?! Tão bonitos, esses bichos de estimação, mas não sabem de nada! Quanta imbecilidade! Que vida! Ó!

Um comentário qualquer desses, do lugar da nossa arrogância inútil. Em seguida riríamos, feito adolescentes sem compromisso. E essas nossas risadas ecoam ainda, essa nossa impertinência juvenil paira no ar como se fosse ontem. Fantasmas nossos. Teu fantasma.

— Vamos fazer uma coisa bem doida? — Você propunha, risonho, como se dizia na letra da música. — Topa? Uma coisa bem ilegal, o que você acha?

— E nós então gargalhávamos, adolescentes sem propósito. Mas agora, com esta tua morte, fico eu aqui, mais precocemente velho, mais precocemente feio, mais precocemente à beira da morte. Qualquer dia desses, embarco eu também... de um acidente, de uma explosão orgânica, um escorrer de sangue, uma palpitação, um estertor, de uma dor, de um súbito qualquer. Não é assim que é?

Faço de conta que é você aqui, tuas filhas, tua mulher falando em você! Que coisa. Isso é alguma brincadeira? Ou foi uma daquelas tuas curiosidades científicas, uma especulação? (Alguém precisava ter lembrado a você que *Linha mortal* era apenas um filme... Era somente ficção. Ou você levou aquilo a sério?) Sei lá de você! Todos os personagens do filme voltaram, que eu me lembre. Só você, no tempo real, não voltou.

Desconheço tua dor, não estive.... Não vi o soro, o engulho, o vômito, a morfina, os eletrodos... a linha mortal, não vi. Mas conheço o desamparo: o teu, o meu, o das meninas.

Tuas filhas brincam exuberantes no gramado da minha casa — mas eu, de mãos atadas, ainda assim cuido para que elas não corram perigo!

Ora, como é que eu faço?

Tua mulher veio de visita... e fuma aqui ao meu lado... e tudo é fumaça, neblina, nuvem... Por acaso isso não passa de um filme de cinema? Diga que sim, por favor! Para que eu então me localize, entenda, realize a tua morte para além desta névoa: pois esta tua morte, se tivesse uma cor, seria vermelho absurdo, de tanto que ofusca, de tanto que ofende a minha vista!

Tuas filhas pulam e riem vivazes, brincam de faz de conta no gramado da minha casa. É inverno, e uma sequência de estações está por vir, uma sequência de fatos, de folhas caídas, de flores, de frutos, de eventos de vida. Mas o que fazer? As meninas gesticulam incrivelmente como você, fazem caras e bocas como as tuas! O que fazer com isso?

— Vamos ser sozinhos juntos, que amigos servem para isso mesmo — você disse (citando também a letra da música), num pacto, numa promessa de partilha da solidão inexorável.

— Sim — respondi —, e vamos vivendo essas nossas vidas simpatéticas! E você gargalhou muito. Lembra disso?

— "Simpatéticas"! Boa, muito boa! — você exclamou. E a tua gargalhada ecoa aqui ainda, fantasmagórica.

Será que te encontro dia desses em algum lugar para além? Não terei cerimônia, entendeu? Direi tudo o que tiver de dizer. Descontarei todos os dias de ausência — tua e minha. E vê se me trata de igual para igual, está certo? Que eu não estou aqui para fazer as pazes com você. Não. Seria hipocrisia numa hora dessas, da tua morte. Isso é apenas nosso acerto de contas. É entre mim e você, e nada mais. Nosso acerto, de homem para homem. Pode ser, sim, que você queira me estapear: quis muitas vezes, não? E eu também, não se engane não!

Será que te encontro dias desses? Para onde? Pois quando a gente se reencontrar, fica combinado que um vai dar um soco na cara do outro... Ou somente um sopapo dos bons, quem sabe — terminando por se abraçar como velhos amigos, como dois personagens de D. H. Lawrence em luta corporal.

É inverno. E você se foi justo em agosto, o mês de que eu menos gosto ("mês do desgosto", sim... e pouco importa se você condenava o ditado, a crendice supersticiosa, o clichê). E pensar que você se foi depois da chamada virada de todo um século! Justo depois desta datação tão cristã que menosprezávamos! Foi-se nesta década de 2000 e tanto, nestes anos de 2000 e tanto, nestes cristianos imbecis! Mas, justo, nós teríamos tido tempo ainda de nos reencontrar nos anos 2020, nos anos 2030, quem sabe até nos anos 2040 — em qualquer dos antianos, dos anticristianos nossos, como caberia ao nosso ateísmo!

Mas você saiu antes. E agora tua mulher me lembra, me relembra, me mostra a dedicatória que fiz para você num livro, há tempos, há décadas perdidas, atemporais.

> "Amigo mortal, para você este livro, que eu escrevi como quem brinca no quintal dos fundos! Acredita? Seu, sempre amigo, P. Agosto, 1994."

"Amigo mortal" foi como nos tratamos um ao outro por uns tempos, o epíteto que tiramos do título do filme pelo qual você ficou friamente obcecado. Mas disseram que você não falou da morte, não quis falar. Como assim? Você não quis falar? Pensou em milagre? Se a filosofia falhou, se a ciência falhou... você pensou em milagre?

— Hoje é um bom dia para morrer! (Você, por acaso, impropriamente, teria pensado isso na tua hora final, abrindo os braços, como o personagem no filme?)

Só que todos os personagens voltaram. Só que você não voltou. Agora com esta tua morte, pego teu orgulho ferido, meu orgulho ferido, tua mágoa, minha mágoa, somo tudo, diminuo, divido por dois... e o resultado é isto: uma água, uma lágrima que eu engulo. Portanto, isto não é uma reconciliação — embora seja uma saudade intemporal —, isto é somente para te lembrar que aquele filme a que assistimos como adolescentes era uma ilusão, rapaz, uma ficção, uma brincadeira de médicos experimentando morrer. Não era para você, de verdade! Nunca foi.

Será que te reencontro um dia para além, para aquém? Para onde?

Repito que não terei cerimônia. Direi tudo o que tiver de dizer, impropriamente, que seja. Descontarei todos os dias de ausência — tua e minha. Acusarei ao vivo tua presença aqui por meio do teu legado, do teu deixado inesperado.

Tuas filhas brincam no gramado da minha casa, brotam como flores, como o vermelho-vinho-ou-vivo, como o absurdo rosa em choque das primaveras, das azaleias — o milagre.

Copyright © 2022 Marilene Felinto

Todos os direitos reservados. Nenhuma parte desta obra pode ser reproduzida, arquivada ou transmitida de nenhuma forma ou por nenhum meio sem a permissão expressa e por escrito da Editora Fósforo.

EDITORAS Juliana de A. Rodrigues e Fernanda Diamant
ASSISTENTE EDITORIAL Mariana Correia Santos
PREPARAÇÃO Luciana Araujo Marques
REVISÃO Eduardo Russo e Tácia Soares
DIREÇÃO DE ARTE Julia Monteiro
CAPA Alles Blau
IMAGEM DA CAPA Amanda Mijangos e Armando Fonseca
PROJETO GRÁFICO Alles Blau
EDITORAÇÃO ELETRÔNICA Página Viva

Dados Internacionais de Catalogação na Publicação (CIP)
(Câmara Brasileira do Livro, SP, Brasil)

Felinto, Marilene
  Mulher feita e outros contos / Marilene Felinto. —
São Paulo : Fósforo, 2022.
  ISBN: 978-65-89733-73-7
  1. Contos brasileiros I. Título.

22-116136   CDD — B869-3

Índice para catálogo sistemático:
1. Contos : Literatura brasileira   B869.3

Cibele Maria Dias — Bibliotecária — CRB-8/9427

Editora Fósforo
Rua 24 de Maio, 270/276
10º andar, salas 1 e 2 — República
01041-001 — São Paulo, SP, Brasil
Tel: (11) 3224.2055
contato@fosforoeditora.com.br
www.fosforoeditora.com.br

Este livro foi composto em GT Alpina e GT Flexa e impresso pela Ipsis em papel Pólen Bold 90 g/m² da Suzano para a Editora Fósforo em agosto de 2022.

A marca FSC® é a garantia de que a madeira utilizada na fabricação do papel deste livro provém de florestas gerenciadas de maneira ambientalmente correta, socialmente justa e economicamente viável e de outras fontes de origem controlada.